아, 흙동 왕자

푸른도서관 11

아, 호동 왕자

초판 1쇄/ 2005년 2월 25일
초판 5쇄/ 2022년 10월 31일

지은이/강숙인
펴낸이/신형건
펴낸곳/(주)푸른책들 등록/제321-2008-00155호
주소/서울특별시 서초구 양재천로7길 16 푸르니빌딩 (우)06754
전화/02-581-0334~5 팩스/02-582-0648
이메일/prooni@prooni.com 홈페이지/www.prooni.com
인스타그램/@proonibook 블로그/blog.naver.com/proonibook

글 ⓒ 강숙인, 2005

ISBN 978-89-5798-031-6 03810

초록우산
어린이재단 (주)푸른책들은 도서 판매 수익금의 일부를 초록우산 어린이재단에 기부하여
어린이들을 위한 사랑 나눔에 동참합니다.

아, 호동 왕자

강숙인 지음

푸른책들

차례

내 화살이 이르는 곳은

사라졌다. 흰 사슴이, 온몸이 눈부시게 하얀 그 사슴이 사라졌다.

마치 호동에게 따라오라고 손짓하듯 잡힐 듯 말 듯한 거리에서 날렵하게 달아나던 흰 사슴이 한 순간에 자취를 감추어 버린 것이다.

숲은 고요했다. 흰 사슴은 분명 이 숲으로 뛰어들었다.

대체 어디로 사라진 것일까. 숲의 푸른빛이 흰 사슴의 그 흰빛을 삼켜 버린 것일까.

처음 흰 사슴을 보았을 때, 호동은 그것이 징표가 틀림없다고 생각했다. 하늘이 저에게 보여 주는 징표가.

호동이 이번 사냥 대회를 손꼽아 기다린 것도 바로 이런 징표를 만날 수 있으리라는 기대 때문이었다.

고구려에서는 해마다 삼월 삼짇날이면 사냥 대회가 열린다. 사냥을 통해 군사 훈련도 하고 인재도 가려 뽑는다. 또한 사냥에서 잡은 짐승으로 산천신에게 제사도 드린다.

이처럼 뜻 깊은 사냥 대회인지라 해마다 호동은 남다른 각오로 대회에 참석하곤 했다.

그리고 유난히 기다려 온 올해의 사냥 대회.

어쩐지 이번 대회에서 호동은 자신의 앞날을 미리 가르쳐 주는 그 어떤 징표를 만날 것만 같았다. 사냥 며칠 전부터 밤이 이슥토록 잠 못 이루고 서성거린 것도 바로 그 예감 때문이었다.

호동이 만나리라고 기대하는 징표에는 호동의 꿈이 걸려 있었다. 왕자 호동만이 꿀 수 있는 크고 눈부신 꿈이.

호동의 꿈은 태자로 책봉되는 것이다. 그리하여 먼 훗날 아바마마 무휼(無恤) 대왕(대무신왕)의 뒤를 이어 고구려의 네 번째 임금이 되는 것이다.

하지만 태자로 책봉되는 것은 결코 쉬운 일이 아니었다. 아바마마의 지극한 사랑을 받고 있고, 또 맏아들이기는 하지만 호동은 둘째 왕비의 소생이었다.

게다가 지난 해 첫째 왕비는 아들을 낳았다. 호동의 아우 우

(憂)였다.

아바마마는 뒤늦게 얻은 아들 우도 무척 사랑했다.

호동이 초조해지기 시작한 것은 지난 해부터였다. 아바마마가 저를 제쳐 두고 아직 갓난아이인 우를 태자로 책봉하지는 않겠지만, 그것은 알 수 없는 일이었다. 첫째 왕비를 밀고 있는 조정 안 대신들의 세력이 만만찮았던 것이다. 그에 비해 호동을 지지하는 세력은 아직 그 힘이 미약했다.

하지만 호동은 자신이 있었다. 아바마마가 훌륭한 대왕이 듯, 자신 또한 그에 못지않은 큰 그릇이라고 확신하고 있었다. 하늘이 자신을 이처럼 크고 잘난 그릇으로 낸 데에는 다 그 쓰임이 있기 때문이라고 믿었다.

하늘의 뜻이라면 호동은 둘째 왕비의 소생이라는 약점을 딛고 반드시 태자로 책봉될 터였다. 그 하늘의 뜻을 이번 사냥 대회에서 확인하고 싶었다.

아침부터 시작된 사냥이 한창 열기를 더해 갈 무렵이었다.

무리에서 떨어져 나와 더 깊은 산 속으로 말을 몰던 호동의 눈에, 새파란 하늘을 향해 솟구치듯 뛰어오르는 흰 사슴이 번쩍 띄었다.

흰 사슴, 고구려 사람들 모두가 신성한 짐승으로 여기는 흰 사슴이었다.

벼락을 맞은 듯한 격렬한 떨림이 온몸을 훑고 지나갔다.

'드디어 하늘이 내게 징표를 보내셨다!'

호동은 나는 듯이 말을 달려 흰 사슴을 쫓았다.

그런데 그 징표가 사라졌다. 호동이 눈물겹게 기다리던 그 징표가…….

그렇다면, 그렇다면…….

'내 꿈은 다만 헛된 꿈이런가? 도저히 이룰 수 없는…….'

호동은 말고삐를 다잡으며 고개를 저었다. 그럴 리 없었다.

한 나라의 주인, 임금은 아무나 되는 것이 아니다. 임금이 되기를 꿈꾸는 것 또한 그렇다. 하늘의 뜻이 아니라면 아무도 임금이 될 수 없고, 감히 그 꿈조차 꿀 수가 없다.

하늘이 낸 큰 왕의 그릇이 아니라면 나는 무엇 때문에 가슴이 터질 듯한 그 큰 꿈을 꾸었겠는가. 아바마마의 뒤를 이어 위대한 고구려의 네 번째 임금이 되리라는 꿈. 그리하여 그 누구도 감히 넘볼 수 없는 크고 강한 고구려를 이 땅에 우뚝 세워 놓겠다는 그 엄청난 꿈을.

호동은 이마의 땀을 씻으며 말에서 내렸다. 나뭇가지에 고삐를 매어 두고 바위에 잠시 걸터앉았다.

징표는 반드시 다시 나타난다. 그 때 이 활과 화살로 징표를 낚아채리라.

호동은 한 손으로 찬찬히 활을 쓰다듬었다. 호동의 손끝이 닿자 팽팽한 활시위가 흠칫 놀라며 한층 긴장하는 듯했다. 화살통의 화살도 만져 보았다. 살촉의 날카로움이 손끝에 전해졌다.

'절대 놓치지 않겠습니다, 주인님의 소망을.'

활과 화살의 속삭임을 호동은 들었다. 호동의 입가에 빙긋 미소가 피어 올랐다.

문득 중조 할아버지 동명성왕이 생각났다. 동명성왕의 이름은 추모(鄒牟)였지만, 사람들은 그를 주몽이라 불렀다. 그 누구도 따라올 수 없을 만큼 활을 잘 쏘았기 때문이다. 주몽은 부여 말로 '활 잘 쏘는 사람'이라는 뜻이다.

동명성왕은 활과 화살로 하늘의 뜻을 전해 받아 고구려를 세웠다.

부여에서 아버지를 찾아 고구려로 온 할아버지 유리명왕 역시 활을 잘 쏘았다.

할아버지의 셋째 왕자였던 아바마마 무휼 태자 역시 활을 잘 쏘는 훌륭한 전사였다. 무휼은 열 살이라는 어린 나이에 친히 군사를 거느리고 싸움터에 나갔다. 늘 고구려를 괴롭혀 온 부여 군을 무찌르기 위한 싸움이었다. 그 싸움에서 무휼은 크게 이겼다.

그 이듬해 봄에 무휼은 태자로 책봉되었다. 태자로 책봉되었을 때 그의 진짜 나이는 열한 살이 아니라 열다섯 살이었다.

어쩐 일인지 백성들은 무휼 태자의 나이를 잘못 알고 있었다. 조정에서도 은근히 태자가 어리다는 점을 강조했다. 그것이 조정에 도움이 되었기 때문이다.

덕분에 백성들은 태자 무휼을 하늘이 점지한 신동으로 생각했다. 나이가 어린데도 그처럼 영특하고 그처럼 용맹하다는 칭찬이 백성들 사이에 좍 퍼져 있었다.

부여 왕족이었던 어마마마조차도 무휼 태자의 둘째 태자비로 시집 왔을 때 그의 나이를 잘못 알고 있었다.

어마마마는 부여 왕 대소의 막내아우의 손녀딸이었다. 대소의 막내아우는 싸움을 좋아하는 형과는 달리 화친을 원하는 사람이었다.

무휼이 태자가 되었을 때 그는 형 대소에게 고구려 왕실과 혼인을 맺어 화친을 도모하자고 청했다.

지난 해 무휼에게 크게 패한 대소는 나쁘지 않은 청이라고 생각했다. 부여 여인이 사나운 고구려 태자의 마음을 사로잡는다면 부여에 큰 도움이 될 터였다.

대소는 막내아우의 청을 받아들였다. 아우는 자신의 손녀딸을 고구려에 시집 보내겠다고 했다. 그 손녀딸이 바로 호동의 어마마마였다.

어마마마는 가끔 웃으며 호동에게 말해 주었다.

"그 때 난 고구려 태자가 정말 열한 살 어린아인 줄 알고 시집을 왔단다. 같은 날 혼례를 치르는 첫째 태자비도 열한 살이라고 하더구나. 그래서 속으로 은근히 걱정했지. 철모르는 아이들끼리 소꿉장난이나 하면서, 나이가 들었다고 나를 거들떠보지도 않겠구나 하고."

그 때 어마마마의 나이 열일곱이었다.

그러나 막상 와서 보니 태자는 열한 살 어린아이가 아니라 열다섯 소년이었다. 그런데 나이보다 훨씬 어른스러워 스무 살도 넘은 청년 같았다.

무휼 태자는 둘째 태자비인 부여 왕족의 손녀딸을 보는 순간부터 사랑했다. 조정에서 가장 실력 있는 대신의 딸인 첫째 태자비를 거들떠보지도 않았다. 나이보다 숙성한 태자의 눈에 첫째 태자비는 젖내 나는 어린아이로만 비쳤던 것이다.

그 이듬해 무휼 태자는 첫 아들을 얻었다. 아름다운 어미를 꼭 빼닮은, 인물이 빼어난 사내아이였다. 무휼은 그 아이에게 아름다운 아이라는 뜻의 호동(好童)이라는 이름을 지어 주었다.

무휼 태자는 부여에서 온 둘째 태자비와 그 태자비가 낳은 호동을 무척 사랑했다. 하지만 부여와는 여전히 사이가 나빴다. 한 굴에서 두 호랑이가 살 수 없듯, 고구려와 부여는 결코 사이가 좋을 수 없는 이웃이었다.

호동이 네 살 되던 해, 태자 무휼은 유리명왕의 뒤를 이어 고구려의 세 번째 임금이 되었다. 그의 나이 열아홉 살 되던 해였다.

왕이 된 뒤에 아바마마는 적극적으로 부여를 공격하기 시작했고, 호동이 아홉 살 되던 해에는 마침내 싸움터에서 부여 왕 대소의 목을 베었다. 그 때부터 부여는 하루가 다르게 야위어 가는 보름이 지난 달과 같은 처지가 되었다.

대소가 죽자 부여 왕실에서는 권력 다툼이 일어났다. 그 권력 다툼을 피해, 대소의 막내아우는 따르는 무리 백여 명을 데리고 갈사수(曷思水)에 이르러 나라를 세웠다. 그 나라가 바로 갈사국이었다.

부여 왕족의 손녀딸로 불린 어마마마는 그 때부터 갈사국 왕의 손녀딸로 불리게 되었다.

처음에 부여는 고구려보다 크고 강한 나라였다. 그러나 갈사국은 고구려에 조공을 바치는 작은 나라에 지나지 않았다. 고구려로서는 그다지 신경 쓰지 않아도 되는 나라였다.

어마마마가 갈사국 왕의 손녀딸이라는 호칭을 달가워하지 않는 것은 당연한 일이었다.

어마마마는 가끔 한숨을 쉬며 호동에게 말했다.

"네 아바마마께서는 이 어미와 너를 그리 사랑하시면서도 어미의 나라인 부여에 대해서는 조금도 신경을 써 주시지 않으셨어. 그런 점에서는 참 냉정한 분이시지. 어쩌면 그 냉정함 때문에 큰일을 이루셨는지도 모르지만. 그러나 내 아들 호동아, 어미는 네가 아바마마보다는 따뜻한 사람이 되었으면 좋겠구나. 네가 이 다음에 혹시 아바마마의 뒤를 이어 임금이 된다 해도 갈사국을 잊지 않고 돌봐 주었으면 한다. 갈사국은 네 외증조 할아버지의 나라니까."

어린 호동은 어마마마에게 꼭 그리하겠다고 의젓하게 말하곤 했다. 그런 때면 어마마마의 고운 얼굴에 달빛 같은 미소가 흘렀다.

어마마마는 6년 전, 호동이 열세 살 되던 해 봄에 돌아가셨다.

지난 해 첫째 왕비가 아들을 낳은 다음부터 호동은 전보다 더 어마마마 생각이 간절했다. 어마마마가 조금만 더 오래 살았다면, 자신은 벌써 태자로 책봉되었을지도 모른다. 그렇지 않다 해도 어마마마가 곁에 있다는 것만으로도 호동에게는 큰 힘이 되었을 터였다.

"부스럭!"

숲의 숨소리와 봄바람 소리에 섞여 무언가 풀숲을 헤치는 소리가 들렸다.

호동은 바위에서 벌떡 일어났다. 재빨리 말고삐를 풀고 말 등에 훌쩍 올라탔다.

그와 동시에 저만치 풀숲에서 흰 사슴이 펄쩍 뛰어오르더니 나는 듯 달리기 시작했다.

호동은 말을 달리면서 활을 겨누었다. 두 다리로 균형을 잡고는 한껏 활시위를 당겼다.

호동은, 화살이 더 멀리 날아가기 위해 잠시 숨을 멈추는 소리를 들었다.

내 화살이 이르는 곳은 내 꿈이 이르는 곳이다.

화살은 노래와 같으니, 하늘에 이르렀다가 다시 마음 속으로 돌아온다.

이제 이 화살이 내게 말해 주리라.

하늘의 뜻이 어디에 있는가를.

"피융!"

화살은 노래처럼 흰 사슴을 향해 단숨에 날아갔다. 퍽 소리가 나더니 화살은 흰 사슴의 긴 목 한가운데를 꿰뚫었다. 흰 사슴이 앞발을 꿇으며 꼬꾸라졌다. 붉은 피가 솟구쳐 올라 푸른 숲을 적셨다.

네 꿈을 이루리라.

푸른 숲을 적시며 흰 사슴의 붉은 피가 말했다. 아니 그 목을 꿰뚫은 화살이 말했다.

호동은 흰 사슴을 향해 말을 달렸다. 쓰러진 흰 사슴 앞에서 호동은 말에서 뛰어내렸다.

붉은 피를 흘리며 쓰러져 있는 흰 사슴은 처연하면서도 눈부시게 아름다웠다. 하늘이 보내 준 징표를 마침내 움켜잡은 것이 기뻤지만, 한편으로는 마음이 아렸다.

내 꿈을 위해 네 몸을 바쳤구나. 네 아름다운 희생을 내 잊지 않으리.

말발굽 소리가 들렸다. 호동은 뒤돌아보았다.

저만치에서 마루가 말을 타고 달려오고 있었다. 마루는 조정 대신의 아들로 호동의 호위 무사였다. 관직(벼슬)은 조의(皂衣)고, 나이는 호동과 같았다. 2년 전부터 조의가 되어 호동의 곁을 그림자처럼 따라다니며 호동을 호위했다.

마루는 분명 호동의 부하였지만 가끔 호동은 마루를 벗으로 대하기도 했다. 그런 때면 마루도 호동을 왕자가 아닌 벗으로 대했다. 남의 속을 속속들이 알기 어려운 궁궐에서 호동은 마루의 속만큼은 훤히 알 수 있었다. 또한 마루에게만은 버선목을 뒤집어 보이듯 제 속을 다 보일 수 있었다.

마루가 말에서 내려 호동에게 달려왔다. 쓰러진 흰 사슴을 보더니 마루의 눈이 휘둥그레졌다.

"흰 사슴이군요, 왕자마마!"

그 말뿐이었지만 그 말 뒤에 숨어 있는 많은 말들을 호동은 듣지 않아도 다 알 수 있었다.

호동의 두 눈처럼 마루의 두 눈도 빛났다.

마루는 호동의 꿈이 무엇인지 알고 있었다. 호동이 한 번도 입 밖에 내어 말한 적은 없지만 마루는 백 마디 말을 들은 것보다 더 확실하게 알고 있었다.

호동의 꿈은 곧 마루의 꿈이기도 했다.

마루는 태자 호동을 호위하는 무사이고 싶었다.

태자 호동이 이 다음에 무휼 대왕 못지않은 훌륭한 고구려의 임금이 되면, 그 임금을 충실하게 보필하는 신하이고 싶었다.

그리하여 위대한 고구려를 이 땅에 우뚝 세우는 데에 작은 힘이나마 보태고 싶었다.

그것이 마루의 꿈이었다.

왕자 호동이 고구려를 사랑하듯, 마루도 고구려와 왕자 호동을 사랑했다.

왕자 호동이 자신의 꿈을 사랑하듯, 마루 또한 자신의 꿈과 왕자 호동의 꿈을 사랑했다.

이제 그 꿈들을 이루리라.

마루 또한 호동처럼 흰 사슴이 징표임을 알아보았다. 피를 흘리며 쓰러져 있는 흰 사슴의 처참한 아름다움에서 마루도 하늘의 뜻을 읽었다.

멀리서 함성이 일었다. 누군가 멧돼지나 호랑이를 잡은 모양이었다.

그 누가 그 어떤 짐승을 사냥했건 이제 호동에게는 아무 상관이 없었다. 그들이 무엇을 사냥했건 그건 다만 단순한 사냥감일 뿐이었다.

그러나 호동은 하늘이 내리는 징표를 얻었다. 오직 왕자 호동에게만 내리는 꿈의 징표를.

호동은 먼 하늘을 바라보며 싱긋 웃었다. 그 모습이 늠름하고 아름다웠다.

마루는 문득 가슴이 저렸다.

'아, 아름다운 왕자시여. 그대와 고구려를 위해 이 한 목숨 바치리다. 이 흰 사슴처럼.'

나뭇가지 틈새를 비집고 쏟아져 내리는 오후의 햇살이 흰 사슴의 하얀 몸 위에 하얗게 부서져 내렸다.

세상을 다 빼앗겨도

"아직도 아무 기별이 없느냐?"

다탁 앞에 앉아 있던 왕비가 자리를 박차고 벌떡 일어나 바깥을 향해 소리쳤다. 왕비의 뾰족한 목소리에 놀랐는지 바깥을 지키던 시녀 하나가 얼른 안으로 들어왔다.

"예, 왕비마마. 아직……."

"왜 이리 늦는 게냐?"

"워낙 깊은 산골에 숨어 사는 어른이신지라……."

"허긴 목마른 쪽은 그 쪽이 아니지. 왕비가 부른다고 허겁지겁 달려올 정도의 위인이라면 애초에 산 속에 숨어 살지도 않았겠지. 고고한 척 내숭도 떨지 않았겠지. 알았으니 나가 보아라."

"예."

시녀는 공손히 절을 하고 바깥으로 나갔다.

왕비는 입술을 잘근잘근 깨물며 방 안을 서성거렸다. 크고 검은 왕비의 두 눈에 빛이 번쩍번쩍 일었다.

'왕자 호동, 네가 감히……. 갈사국 계집의 자식인 네가 감히…….'

며칠 전 사냥 대회에서 호동은 신령스러운 흰 사슴을 사냥했다.

그 일을 두고 백성들은 왕자 호동이 머지않아 태자로 책봉될 징조라고 수군거린다고 했다. 조정 대신들 중에도 이미 여러 명이 호동의 편으로 기울었다고 했다. 왕자 호동을 태자로 책봉해야 한다고 드러내 놓고 말하는 대신들까지도 있다고 했다.

'흥, 태자? 태자는 아무나 되는 게 아니지.'

왕비는 코웃음을 쳤다. 왕비의 갸름한 얼굴에 초승달 같은 싸늘한 비웃음이 흘렀다.

'그 자리는 내 아들 우의 자리다. 세상을 다 빼앗겨도 그 자리만은 빼앗길 수 없다. 내 이 나라의 첫째 왕비면서도 요망한 갈사국 계집한테 대왕마마의 사랑을 빼앗겨 여러 해 동안 홀대를 당하는 수모를 겪었다. 그런데 이제 그 계집의 자식이 감히 내 아들의 자리를 넘보려 하는가? 그럴 수는 없다. 무슨 수를 써서라도 그 일만은 막으리. 이 한 목숨 걸고 막으리.'

왕비는 방 안쪽으로 갔다. 길게 드리워진 휘장을 걷고 안으로 들어갔다. 휘장 안쪽 침상에 우가 쌔근쌔근 잠들어 있었다. 왕비는 침상에 걸터앉으면서 우를 이윽히 내려다보았다. 싸늘한 얼굴에 따뜻한 미소가 한 줌 피어 올랐다.

'사랑스러운 내 아들 우야, 아무 염려 마라. 아바마마께서는 반드시 너를 태자로 책봉하실 것이다. 요즘 들어 아바마마께서는 이 어미를 부쩍 사랑해 주시고, 너를 이 세상 그 무엇과도 바꿀 수 없는 귀한 보물로 여기신다. 천한 갈사국 계집의 자식이 어찌 감히 너와 맞서리.'

왕비는 아직도 솜털이 보송보송한 어린 아들의 여린 뺨을 어루만져 주었다. 잠결에 우가 코를 찡그렸다.

우의 이마에 흘러내린 머리칼을 쓸어올려 주면서 왕비는 생각에 잠겼다. 마음 속으로는 호동을 한껏 무시했지만, 사실 호동은 결코 만만한 상대가 아니었다.

호동과 맞서 싸워 확실하게 이기려면 우선 호동의 명운을 알아야 한다. 아들 우의 명운도 알아야 한다.

임금은 아무나 되는 것이 아니다. 오로지 그 명운을 타고난 사람만이 임금이 될 수 있다. 호동과 우 중에서 누가 임금이 될 명운을 타고났는지 우선 그것부터 알아야 한다. 그런 다음 어떻게 호동과 싸울 것인지 그 방법을 정해야 한다.

고구려의 수도 국내성에서 그리 멀지 않은 깊은 산 속에 천문(天文)과 지리(地理)와 인사(人事)에 능통한 도인(道人)이 살고 있다고 했다. 하늘의 별자리로 나라의 명운을 헤아리고, 어떤 땅이 사람을 흥하게 하는지 한눈에 안다고 했다. 태어난 날의 사주(四柱)만 보고도 그 사람의 명운을 훤히 알며, 바람과 구름까지도 능히 부리는 도술을 지녔다고 했다.

아무도 그 도인이 언제 어디서 태어났는지 알지 못하고, 그 이름도 모른다고 했다. 그냥 도인이라고 부른다고 했다.

백성들은 답답한 일이 있을 때면 그 깊은 산골까지 물어 물어 도인을 찾아간다고 했다. 나라의 높은 대신들조차도 어려운 일이 있을 때는 몸소 그 도인을 찾아간다고 했다. 그 도인은 아무리 신분이 높은 사람이 불러도 결코 가지 않는다고 했다. 다만 찾아오는 사람에게만 지혜를 일러 줄 뿐이라고 했다.

왕비도 이미 오래 전부터 그 도인의 명성을 듣고 있었다. 그 도인이 정말 그렇게 용한지 한번 만나고 싶었다.

그래서 몇 달 전에는, 지나가는 말로 도인을 궁궐로 불러 만나 보고 싶다고 대왕에게 말해 본 적도 있었다. 제아무리 콧대 높은 도인이라도 한 나라의 왕이 부르면 오지 않고는 못 배기겠지, 싶었던 것이다.

하지만 대왕은 왕비의 말을 웃어넘겼다.

"짐의 명운은 짐이 잘 아오. 고구려의 명운 또한 짐의 손에 달렸거늘 무엇이 아쉬워 도인을 부른단 말이오. 게다가 그 도인은 산 속에 조용히 파묻혀 사는 사람이오. 조용히 살고픈 사람을 조용히 살게 내버려 두는 것 또한 임금이 가져야 할 아량이 아니겠소."

역시 대왕다운 말이었다. 왕비는 도인을 부르는 일에 대왕의 도움을 전혀 받을 수 없다는 것을 똑똑히 알았다. 직접 나서는 수밖에 없었다.

그 일이 있고 나서 며칠 뒤에 왕비는 은밀히 도인에게 사람을 보냈다. 도인의 환심을 사기 위해 비단이며 금은 보화를 잔뜩 들려 보내고, 왕비마마가 뵙고 싶어한다고 공손하게 청하라 일렀다.

도인은 선물을 그대로 돌려 보냈다. 죄송하지만 대궐로 들어갈 수 없다는 대답과 함께.

그러나 왕비는 단념하지 않았다. 사랑하는 아들을 위해서는 자존심을 굽히는 한이 있어도 그 도인을 꼭 만나야 했다. 사람과 선물을 또 보냈다. 결과는 마찬가지였다.

며칠 전 다섯 번째로 사람을 보냈을 때야 겨우 오늘 대궐로 들어오겠다는 대답을 들을 수 있었다. 선물은 물론 고스란히 돌려 보냈다. 하늘 높은 줄 모르고 뻗대기만 하던 도인이 무엇 때문에 마음을 바꾸었는지는 알 수 없지만, 아무튼 좋은 일이었다.

'분명 오늘 오후에 궁궐로 들어오겠다고 했는데 왜 여태 안 오는 거지? 감히 허튼 약속을 한 것이라면 내 그 도인인지 뭔지를 가만 두지 않으리.'

왕비는 다시 휘장 바깥으로 나와 방 안을 서성거렸다.

얼마나 서성거렸을까. 바깥에서 두런거리는 소리가 들리더니 한 시녀가 들어왔다.

"왕비마마, 도인께서 오셨다 하옵니다. 후원 별채로 모셨다 하옵니다."

"알았다. 내 곧 그리 갈 것이니 차를 준비하라 이르라."

왕비는 한층 위엄 있게 치장한 다음 별채 작은 방으로 갔다. 탁자 앞에 앉아 있던 도인이 왕비가 들어오자 조용히 일어나 고개를 숙였다. 나이가 꽤 들어 보이는 노인이었다. 수염도 하얗고, 풀어 늘어뜨린 머리도 하얗게 세어 있었다.

왕비가 자리에 앉자 도인도 자리에 앉았다. 시녀가 차를 내왔다. 잠시 왕비도 도인도 아무 말 없이 차를 마셨다.

"도인을 뵙기가 참 어렵군요."

찻잔을 내려놓으며 왕비가 뼈 있는 말 한 마디를 했다. 도인은 미소 띤 얼굴로 잠시 고개를 숙였을 뿐 아무 대꾸도 하지 않았다.

"꼭 알고 싶은 것이 있어서 도인을 청했소."

왕비는 소매 속에 넣어 온 목간(木簡:종이 대신 쓰던 나뭇조각) 하나를 꺼냈다. 거기에는 한자 여덟 글자가 씌어 있었다.

"어떤 사람의 사주요. 그 사람의 명운을 알고 싶소."

도인은 목간을 들어 거기에 씌어진 여덟 글자를 찬찬히 들여다보았다.

"을해(乙亥)생이면 올해 열아홉 되는 젊은이군요."

"그렇소. 그 젊은이의 운이 어떻소?"

도인은 다시 한 번 목간을 뚫어져라 들여다보더니 나지막한 목소리로 중얼거리듯 말했다.

"그릇은 그릇이군요. 크고 잘난……."

왕비의 눈썹이 꿈틀했다. 눈꼬리가 샐쭉해졌다.

"내가 알고 싶은 건 그 젊은이의 인물 됨됨이가 아니오. 어떤 운을 타고났는지 그걸 알고 싶소."

왕비는 치밀어오르는 감정을 억누르며 애써 차분하게 말했다. 어금니를 사려물며 도인을 노려보는 왕비의 눈이 차갑게 빛났다.

'그럴 리야 없겠지만 만에 하나, 만에 하나 호동에게 임금의 명운이 있다고 말한다면 오늘이 바로 그대의 제삿날이 되리라. 어리석은 백성들이나 욕심 많은 대신들이 그 사실을 알게 되면 살 길을 찾았다는 듯 모두 호동에게 쏠릴 것은 불을 보듯 뻔한 이치, 내 그대를 없애 뒤탈을 없애리. 사람의 명운도 사람 하기 나름. 설령 호동이 임금의 명운을 타고났다 해도 내 반드시 그 명운까지 깨어 부수리. 자식을 위하는 어미의 크고 넓은 사랑 앞에 당할 것이 그 무엇이 있으리.'

잠시 방 안에 숨막힐 듯한 침묵이 흘렀다. 왕비도 도인도 숨소리조차 내지 않았다.

문득 도인이 한숨을 내쉬었다. 들릴 듯 말 듯한 조용한 한숨이었지만 그 한숨에 깔린 크나큰 무게를 왕비는 느낄 수 있었다.

"어인 한숨이오?"

억누르려고 했는데도 그 목소리에는 어느새 뾰족한 가시가 돋쳐 있었다.

"왕비마마께서 물으신 일에 대한 대답, 그 한숨으로 대신하겠습니다."

영리한 왕비는 도인의 말뜻을 이내 알아들었다. 도인의 무레함을 생각하면 화를 내어야 마땅하지만 원하는 대답을 얻었으니 그럴 수는 없었다. 왕비는 입 밖으로 비어져 나오려는 웃음을 애써 거두어 들였다.

"그럼 이 사주는 어떻소?"

왕비는 다른 소매에서 또 하나의 목간을 꺼내 도인 앞에 내밀었다. 도인은 그 목간을 집어 들고 한동안 말없이 들여다보았다.

"신묘(辛卯)생이니 지금 두 살이거나 아니면 예순두 살이겠군요. 예순이 넘은 노인의 명운을 군이 알고 싶어하지는 않으실 테고, 두 살 난 아이의 사주가 맞습니까?"

"그렇소."

왕비는 짤막하게 대답하고는 도인을 바라보며 다음 말을 기다렸다. 왕비의 조급한 마음 따위는 알 바 아니라는 듯 도인은 목간만 들여다보며 또다시 침묵 속으로 빠져들었다.

마침내 왕비가 참을성을 잃고 대답을 재촉하려 할 때였다. 도인이 고개를 들고 말문을 열었다.

"인물 됨됨이는 알고 싶지 않다 하셨으니 운에 대해서만 말씀드리겠습니다. 조금 전에 본 젊은이보다는 좋은 운을 타고났습니다. 크고 강한 운이지요. 다만⋯⋯."

도인은 무언가 더 말하려다가 말꼬리를 삼키더니 그걸로 그만이었다.

"다만이라니? 운은 타고났는데 좋지 않은 다른 무언가가 있
다는 뜻이오?"

왕비가 목소리를 높이며 뒷말을 재촉했다.

"너무 많은 것을 알려 하지 마십시오. 먼 훗날의 일까지 미
리 알아본들 그것이 무슨 도움이 되겠습니까? 지금 왕비마마께
서 알고 싶은 것은 을해생 젊은이와 신묘생 어린아이 중에서
누가 큰 운을 타고났는가 하는 것이 아닙니까? 운은 분명 신묘
생 어린아이가 타고났으니 왕비마마께서는 원하는 바를 이루
실 것입니다."

목소리는 나직했지만 그 말에는 거역할 수 없는 힘이 실려
있었다. 왕비는 더 이상 도인에게 아무 말도 들을 수 없음을 깨
달았다. 다만 한 가지 다짐을 받아 두고 싶었다.

"그 말 믿어도 되겠소?"

"믿고 안 믿고는 왕비마마의 마음에 달린 것입니다. 저는
다만 두 사주에서 읽은 대로 말씀드렸을 뿐입니다."

여전히 뻣뻣한 말투였다. 괘씸했다. 하지만 좋은 일에 화를
낼 수는 없었다. 생각하면 그 꼬장꼬장한 성미에 예까지 와 준
것만도 고마운 일이었다. 원하는 대답을 해 준 것은 더더욱 고
마웠다.

왕비는 시녀를 불렀다. 시녀는 미리 준비해 둔 작은 함을 가져왔다. 그 속에는 많은 사람들이 탐내는 귀한 패물이며 값진 보화가 들어 있었다. 왕비는 그 함을 도인 앞에 내밀었다.

"이게 무엇입니까?"

"와 주신 데 대한 사례요."

"사례 같은 건 필요 없습니다. 저는 왕비마마가 불러서 온 것도 아니고, 사례를 받자고 온 것은 더더욱 아닙니다. 다만 저 나름대로 알고 싶은 것이 있어서 온 것뿐입니다. 알고자 하는 바를 알았으니 저는 이미 사례를 받은 거나 다름없습니다. 이 것은 원하는 이에게 주시지요."

도인은 자리에서 일어서더니 왕비에게 깍듯하게 절을 했다.

"그럼 저는 이만 물러가겠습니다."

도인이 방을 나갔다. 도인의 무례함에 왕비는 새삼 화가 치밀었다.

"고약한 늙은이 같으니······."

그러나 노여움은 이내 수그러들었다. 애써 참았던 미소가 왕비의 입가에 아지랑이처럼 피어 올랐다. 크고 검은 두 눈이 다시 빛을 내뿜었다.

도인이 분명히 말했다. 내 아들 우가 임금이 될 명운을 타고 났다고. 이제 내 아들의 자리를 지키기 위한 싸움이 시작될 것이다. 왕자 호동, 네가 아무리 발버둥쳐도 나를, 내 아들을 이 길 수 없다. 하늘이 이미 내 아들을 택하였으니.

왕비는 자리에서 일어났다. 처소로 돌아가 차근차근 계획을 세울 생각이었다.

가장 먼저 할 일은 조정 대신들을 우의 편으로 만드는 것이다. 우가 임금의 명운을 타고났다는 도인의 말은 많은 도움이 되리라. 어느 쪽에 줄을 설까 눈치만 보는 대신들을 확실하게 우의 편으로 끌어올 수 있으리라.

물론 그것만으로는 안 되겠지. 한층 확실한 대가를 손에 쥐어 주어야겠지.

권력에 눈이 먼 자들에게는 권력을 약속할 것이고, 보화를 좋아하는 자들에게는 보화를 주리라. 내 아들의 자리를 지키는 일이라면 무엇인들 아까우리.

세상을 다 빼앗겨도 그 자리만은 결코 빼앗기지 않으리.

처소로 돌아가는 왕비의 비단 주름치마가 사각사각 경쾌한 노랫소리를 내었다.

저 별에 맹세하리

눈부셨다. 밤 하늘에 빛나는 수많은 별들이, 그 별빛이 눈부셨다. 달이 없는 그믐께여서 별빛은 한층 휘황하고 찬란했다.

호동은 후원 연못가에 서서 밤 하늘을 쳐다보고 있었다. 왠지 답답한 방 안보다는 밤 바람이 서늘한 후원이 더 좋았다. 밤이어서 아름다운 후원을 볼 수 없는 것이 아쉬웠지만.

대신 별들이 저렇게 마음을 달래 주고 있지 않은가.

호동의 처소인 왕자궁 후원은 대궐 안에 있는 어떤 궁의 후원보다도 아름다운 곳이었다. 제법 넓은 연못이 있고, 갖가지 꽃나무와 진귀한 화초들이 아름다운 자태를 뽐내었다.

호동은 이 후원을 무척 사랑했다. 마음 편히 쉬고 싶을 때나 생각을 가다듬고 싶을 때면 꼭 이 곳을 거닐었다. 대개 이른 아침이나 해질 무렵에 산책했지만, 밤에 거니는 것도 또 다른 맛이 있었다.

바람이 불어 왔다. 바람은 봄밤의 향기를 가득 품고 있었다.

호동은 그 향기를 가슴 가득 들이마셨다가 천천히 내뱉었다. 숨을 내쉬었을 뿐인데, 그 날숨은 한숨처럼 꼬리를 길게 끌었다.

'내 나이 올해 열아홉. 아바마마께서는 이 나이에 임금의 자리에 오르셨는데……'

사냥 대회에서 흰 사슴을 잡은 뒤로 거의 한 달이 지났다. 그 흰 사슴은 하늘의 징표가 분명했다.

그런데도 아바마마는 여태 태자 책봉 문제에 대해서는 아무 말이 없었다. 몇몇 대신들이 이제는 태자를 정하는 것이 좋지 않겠느냐고 청을 올렸지만 아바마마의 대답은 한결같았다.

"서두르지 마라. 때가 되면 재촉하지 않아도 정할 터이니."

아바마마는 아직도 누구를 태자로 세울지 마음을 정하지 못한 듯했다. 태자 책봉을 서두르자고 말을 꺼낸 대신들도 그 마음을 헤아렸는지 이제는 기다리고만 있었다.

아바마마 마음의 절반 이상이 제게 기울어져 있음을 호동은 알고 있었다. 그 나머지 마음은 우가 차지하고 있었다. 그리고 그 뒤에서 왕비가 있는 힘을 다해 아바마마의 마음을 온통 우에게로 돌려 놓으려 애쓰고 있었다.

아바마마의 마음을 얻으려면 무언가 큰 공을 세워야 한다. 아바마마가 태자로 책봉된 것도 몸소 군사를 이끌고 싸움터에 나아가 부여 군을 크게 무찌른 뒤의 일이었다.

나는 아직 아바마마에게 보여 주지 못했다. 과연 내가 고구려의 태자로 책봉될 만한 그릇인지, 장차 그 그릇에 무엇을 담을 수 있을 것인지를. 아바마마가 망설이는 것도 바로 그 때문일 것이다.

호동은 별빛 어린 연못으로 눈길을 돌렸다.

문득 소년 시절의 추억 하나가 떠올랐다. 열 살 때였던가? 어마마마의 품을 떠나 이 곳 왕자궁에서 지내게 된 뒤의 일이었다.

어느 날 아바마마는 이 연못가에서 호동에게 고구려를 세운 중조 할아버지의 이야기를 들려 준 적이 있었다.

이미 호동은 여섯 살 때부터 글을 배우고, 무예를 익히고, 고구려의 역사를 배워서 아바마마의 이야기는 훤히 다 알고 있었다.

그런데도 그 날 호동은 중조 할아버지의 이야기를 처음 듣는 것처럼 신선한 느낌을 받았다. 호동의 스승인 학문이 높은 조정 대신이 들려 주는 이야기와 아바마마가 들려 주는 이야기는 확실히 달랐다. 아바마마의 이야기에는 아무도 흉내낼 수 없는 생생함이 있었다.

그 날 아바마마는 말했다.

"네 증조 할아버지 동명성왕께서는 부여의 시조인 천제(天帝) 해모수의 아들이었다. 그 어머니는 하백의 딸 유화였다. 해모수 어른도 유화 부인도 하늘이 내린 고귀한 신분이었다. 그 고귀한 핏줄이 동명성왕과 유리명왕, 그리고 아비와 네게로 이어져 네 몸 속을 흐르고 있다. 그 고귀한 피를 한시도 잊어서는 아니 된다."

이어 아바마마는 증조 할아버지 주몽의 이야기를 마치 며칠 전에 겪은 일처럼 그렇게 선히 이야기해 주었다.

호동은 새삼 그리운 마음으로 증조 할아버지 주몽의 삶을 되새겨 보았다.

주몽은 어렸을 때부터 남달리 활을 잘 쏘고, 용기와 책략이 뛰어난 특별한 아이였다.

주몽은 아버지 해모수의 손자인 부여 금와왕의 궁전에서 태자 대소와 그 형제들과 함께 자랐는데, 닭 무리에 섞인 한 마리 학 같았다. 무슨 일을 하든 그들보다 뛰어났고, 그들을 앞섰다.

대소 형제들은 주몽의 그 뛰어난 점을 시기하고 또 두려워

했다. 그들은 틈만 나면 주몽을 괴롭히고, 모함했다.

그들의 박해가 나날이 심해지자 어머니 유화 부인은 주몽에게 말했다.

"아무래도 대소 형제들이 너를 해치려고 계책을 세우고 있는 듯하다. 네게는 남다른 재주와 뛰어난 지혜가 있으니 어디엔들 못 가겠느냐. 머뭇거리다 해를 당하느니 차라리 멀리 가서 큰일을 이루는 것이 나으리라."

주몽은 어머니 유화 부인과 아내를 남겨 두고 부여를 탈출했다. 그 때 주몽의 아내는 아이를 가지고 있었다. 바로 호동의 할아버지 유리였다.

주몽은 부하이며 친구인 오이(烏伊), 마리(摩離), 협보(陜父)와 함께 대소의 추적을 따돌리며 남쪽으로 향했다. 많은 어려움 끝에 주몽은 졸본에 이르러 마침내 고구려를 세웠다. 지금으로부터 꼭 69년 전, 주몽이 스물두 살 때의 일이었다.

그 뒤, 주몽은 나라의 기틀을 다져 가면서 영토를 넓히기 시작했다. 변방에 살던 말갈을 평정하여 더 이상 국경을 넘보지 못하게 하고, 비류수 상류에 있는 비류국을 고구려의 속국으로 삼았다. 행인국을 멸망시키자, 북옥저도 고구려에 항복했다.

주몽이 나라를 연 지 15년째 되던 해에 어머니 유화 부인이 부여에서 세상을 떠났다. 주몽에게는 하늘이 무너지는 듯한 슬품이었다. 부여의 금와왕은 유화 부인을 태후의 예로 장사 지낸 다음 신묘를 세웠다. 주몽은 부여에 방물을 보내 그 은덕에 보답했다.

그로부터 4년 뒤에 금와왕이 죽고 태자 대소가 부여 왕이 되었다. 때마침 주몽의 아들 유리가 그 어머니와 함께 부여에서 도망쳐 왔다. 유리는 졸본에 이르러, 아버지가 부여를 떠날 때 남겨 놓은 신표인 부러진 칼을 주몽에게 바쳤다.

주몽은 자신이 지녀 온 칼 조각을 꺼내 맞추어 보았다. 두 조각은 빈틈없이 들어맞아 완전한 한 자루의 칼이 되었다. 주몽은 기뻐하며 유리를 태자로 삼았다.

그 해 9월 증조 할아버지 주몽은 마흔 살의 나이로 세상을 떠났다. 증조 할아버지에게 바쳐진 시호는 동명성왕이었다. '동방을 밝힌 성스러운 임금'이란 뜻이었다.

'동명성왕께서 그렇게 세우신 우리 고구려를 할아버지 유리명왕께서는 잘 지켜 내셨지.'

호동은 다시 밤 하늘을 올려다보며 할아버지를 생각했다.

유리명왕은 호동이 네 살 때 세상을 떠났기 때문에 호동에게는 할아버지에 대한 기억이 많지 않았다. 다만 여느 할아버지들처럼 인자하고, 저를 무척 사랑해 주었다는 것만은 또렷하게 기억하고 있었다.

하지만 아바마마는 부왕에 대해 다른 기억을 가지고 있었다. 언젠가 아바마마는 무심코 이런 말을 한 적이 있었다.

"네 할바마마는 의심이 많은 분이셨다. 그게 할바마마의 가장 큰 단점이었지."

아바마마의 그 말이 사실이라는 것을 호동이 알게 된 것은 몇 달 전이었다. 우연히 마루에게서 아바마마의 두 형들이 왜 죽었는지 듣게 되었던 것이다.

마루는 그 이야기를 그의 아버지에게서 들었다고 했다. 마루의 아버지는 오랫동안 유리명왕의 측근으로 일했기 때문에 그 일들을 훤히 알고 있었다.

두 왕자가 별다른 죄도 없이 죽게 된 것은 유리명왕의 의심 때문이었다. 태자였던 첫째 왕자도 유리명왕의 의심을 받아서 죽었고, 그 뒤를 이어 태자가 된 둘째 왕자 또한 그 때문에 자결했다.

셋째 왕자인 아바마마가 태자가 되고 왕이 된 것도 따지고 보면 유리명왕의 의심 많은 성격 때문인 셈이었다.

처음 호동은 마루에게서 그 사실을 듣고는 몹시 충격을 받았다. 인자한 분으로만 알았던 유리명왕에게 그런 무서운 면이 있었다는 사실을 믿고 싶지 않았다.

하지만 요즘 호동은 할아버지 유리명왕이 왜 그런 의심 많은 성격이 되었는지 조금은 이해할 수 있을 것 같았다.

'그건 할바마마로서도 어쩔 수 없는 일이었을 테지. 임금의 자리를 지킨다는 것이 그렇게 쉬운 일은 아니니까.'

왕자 유리가 아버지를 찾아 부여에서 졸본으로 왔을 때, 고구려 조정에 유리의 편은 아무도 없었다. 그 무렵 이미 나름대로 막강한 세력을 가지고 있던 대신들은 느닷없이 나타난 유리를 태자로 받아들이고 싶어하지 않았다.

동명성왕의 명에 따라 유리를 태자로, 나중에는 왕으로 떠받들기는 했지만 그들은 불만이 많았다. 그들이 태자로 점찍어 둔 비류와 그 아우 온조가 유리에게 밀려 떠나 버렸기 때문에 더욱 그러했다.

유리명왕은 그런 조정 대신들을 끝없이 의심하고 또 경계하면서 힘겹게 자신의 세력을 키워 나갔다. 겉으로는 복종하는 듯해도 언제 등을 돌릴지 알 수 없었기 때문에 대신들을 철저히 의심하지 않으면 그 자리를 지키기가 어려웠다.

그런 어려움 속에서 유리명왕은 고구려의 변방을 자주 어지럽히는 사나운 선비족을 토벌했다. 왕의 자리에 오른 지 11년째 되던 해의 일이었다.

그 일로 유리명왕은 조정 대신들에게 임금으로서의 능력을 보여 주었다. 단순히 동명성왕의 맏아들이어서 임금이 된 것이 아니라 그만한 실력을 갖추고 있다는 사실을 증명해 보인 것이다.

그 뒤에 유리명왕의 권한은 한층 강해졌다. 유리명왕에게 진심으로 충성을 다하는 조정 대신들도 늘어났다.

유리명왕은 끊임없이 고구려를 넘보는 부여에 대해서도 잘 대처해 나갔다. 때론 화친을 하고 때론 맞서 싸우면서 부여의 침입으로부터 고구려를 거뜬히 지켜 냈다.

도읍지도 졸본에서 국내성으로 옮겼다. 새 도읍지에서 나라의 기틀을 한층 더 탄탄하게 다지고자 했던 것이다.

37년 동안 임금의 자리에 있으면서 나라를 다스린 할아버지는 그 자리를 아바마마에게 물려주고 세상을 떠났다. 고구려를 더욱 큰 나라로 키우고 싶어하던 유리명왕의 소망 또한 아바마마가 고스란히 물려받았다.

아바마마는 임금의 자리에 오른 뒤, 끊임없이 고구려를 노리던 부여 왕 대소의 목을 베어 부여의 한쪽 날개를 꺾어 버렸고, 개마국과 구다국을 멸망시켜 나라의 영토를 넓혔다.

4년 전에는 한나라의 요동태수가 쳐들어 왔는데, 지혜와 책략으로 성을 굳게 지켜 마침내 한나라 군사를 물러가게 했다.

호동은 새삼 아바마마가 지난 15년 동안 많은 일들을 이루었구나, 감탄했다.

그것은 물론 아바마마가 뛰어났기 때문이기도 하지만, 그 뛰어난 점을 드러내 보일 수 있는 기회가 그만큼 많이 주어졌기 때문이기도 했다.

할아버지 유리명왕은 열네 살인 아바마마를 믿고 많은 군사를 주어 싸움터에 내보내지 않았던가.

하늘은 왜 내게 여태 그런 기회를 주시지 않는 것인가.

내가 큰 그릇임을 드러내어 장차 고구려에 요긴하게 쓰일 수 있는 기회를 어찌하여 주시지 않는 걸까.

아니다. 이제 내게 징표를 내리셨으니 내게도 곧 기회를 주시리라.

나라에 큰 공을 세워 태자로 책봉될 수 있는 그런 기회를.

밤 하늘의 별들이 호동의 가슴 속으로 들어와 반짝이기 시작했다.

"왕자마마."

돌아보니 손에 등불을 들고 시종이 다가오고 있었다.

"무슨 일이냐?"

"대왕마마께서 처소에 드셔 계십니다."

"아바마마께서?"

"예. 어서 왕자마마를 모셔오라 하셨습니다."

호동은 나는 듯 빠른 걸음으로 처소로 갔다. 아바마마가 몸소 이 곳까지 행차하는 일은 드물었다. 더구나 이런 밤중에.

아바마마는 분명 할 말이 있어서 이 밤에 이 곳까지 행차했으리라. 어쩌면 아바마마는 중요한 말을 해 줄지도 모른다. 내가 간절히 기다리던 그 어떤 말을.

호동은 방으로 들어갔다. 아바마마는 등잔불이 조는 듯 깜박이는 방 안, 탁자 앞에 앉아 있었다. 호동은 아바마마의 맞은편에 조심스레 앉았다.

"어인 행차신지요, 아바마마?"

"우를 보러 왕비궁에 가는 길에 네 생각이 나서 잠시 들렀다."

우와 왕비. 순간 호동의 얼굴빛이 흐려졌다.

저만치 앞에서 크고 눈부신 꿈이 호동에게 어서 오라고 손짓하는데, 우와 왕비가 호동의 발목을 꼭 붙잡고 있었다. 그 꿈에 한 발짝도 다가가시 못하도록 온 힘을 다해서.

그러나 우는 아직 포대기에 싸인 어린아이일 뿐이고, 왕비는……. 그래, 왕비가 아무리 나를 모함한다 해도 나를 어쩌지는 못하리라. 내가 올바르게 처신하고, 나라에 큰 공을 세우기만 한다면 내게 작은 흠집조차 낼 수 없으리.

호동은 마음에 서린 그늘을 털어 내며 기대에 찬 눈빛으로 아바마마를 바라보았다.

"후원에서 뭘 했누?"

아바마마의 목소리는 따뜻했다.

"마음이 답답하여 바람을 쐬고 있었습니다."

"생각이 많은 게로구나. 요즘 아비도 생각이 많아서 밤에 잠 못 이룰 때가 많다. 아비가 웬 생각이 그리도 많은지 한번 맞추어 보겠니?"

"어찌하면 고구려를 크고 강한 나라로 만들 수 있을까, 그 생각을 하시는 것이지요?"

"그래, 잘 알아맞혔다. 지금 크고 강해지려는 우리 고구려를 가로막고 있는 나라는 네 나라다. 하나같이 만만찮고 껄끄러운 상대들이지. 우선 우리 북쪽에는 이빨 빠진 호랑이나 다름없는 부여가 있고, 서쪽에는 요동, 그리고 대륙의 주인이라 자처하는 오만한 한나라가 있다. 남쪽에는 낙랑이 있다. 너라면 이 네 나라 중에서 어느 나라부터 치겠느냐?"

아바마마가 떠보듯 호동을 뚫어져라 바라보며 물었다.

그것은 아주 중요한 질문이었다. 아바마마가 원하는 대답을 해야만 하는 그런 질문. 호동은 차근차근 생각을 정리해 보았다.

"소자 같으면 낙랑을 먼저 치겠사옵니다."

"그 연유를 말해 보아라."

"서쪽의 요동과 한나라는 아직 우리 힘으로 상대하기에 버거운 나라이옵니다. 그리고 부여는 이빨이 빠졌다고는 하나 여전히 사나운 호랑이입니다. 호랑이가 죽지 않으면 포수가 죽는 법, 우리가 좀더 힘을 키워 대번에 멸망시키지 않는다면 오히려 큰 화를 당할 수도 있사옵니다."

아바마마가 고개를 끄덕였다. 호동은 마음 속으로 빙긋 웃으며 말을 이었다.

"남쪽의 낙랑은 작은 나라지만 그 땅이 기름지고 살기가 좋은 곳입니다. 낙랑을 쳐서 그 비옥한 땅을 얻은 다음, 남쪽의 삼한(三韓)으로 뻗어 나간다면 고구려는 그 누구도 감히 넘볼 수 없는 큰 나라가 될 것이옵니다. 그런 연후에 부여를 치고, 이어 요동으로 밀고 들어가 요동을 차지한다면 마침내 저 오만한 한나라와 어깨를 나란히 하여 저 드넓은 대륙의 패권(霸權)까지도 다툴 수 있을 것이옵니다."

아바마마의 얼굴에 흐뭇한 미소가 흘렀다.

"하하, 역시 내 아들이로구나. 자랑스러운 동명성왕의 증손자로다. 하하하."

호동은 기뻤다. 드디어 제 그릇의 크기와 깊이와 넓이를 조금은 아바마마에게 보여 준 것이다.

"허나 낙랑을 치는 것이 말처럼 그리 쉬운 일이 아니다. 낙랑에는 자명고라는 신비한 북이 있어 낙랑을 굳건히 지켜 준다고 하니……."

아바마마는 얼굴에서 웃음기를 거두고 근심스레 말했다.

"자명고라면……."

호동이 조심스레 되물었다. 낙랑에 나라를 지켜 주는 신비한 북이 있다니, 처음 듣는 얘기였다. 북 하나가 어찌 나라를 지킬 수 있다는 건지 도무지 믿어지지가 않았다.

"말 그대로 스스로 울리는 북이다. 적군이 국경 근처에 쳐들어오기만 하면 자명고가 스스로 울리기 때문에 낙랑에서는 그 사실을 미리 알고 철통 같은 대비를 한다는구나. 그러니 만반의 준비를 갖추고 있는 낙랑 군을 무찌르기란 쉬운 일이 아니지."

"정말 그런 북이 있을까요?"

"들리는 소문으로는 낙랑의 비밀 무기고에 그 북이 있다는구나. 작은 나라인 낙랑이 여태까지 잘 버텨 온 것도 다 그 북 때문이라고들 하더구나."

아바마마가 말을 거두자 방 안이 물 속처럼 고요해졌다.

먼 산에서 들려 오는 구슬픈 밤새의 울음소리가 물무늬처럼 퍼져 나갔다.

"아바마마, 소자 한 가지 청이 있사옵니다."

호동이 마침내 그 고요함을 저만치 밀어 냈다.

"말해 보아라."

"소자를 낙랑으로 보내 주소서. 낙랑에 가서 정말 그런 북이 있는지 알아보고 오겠사옵니다."

"만약 낙랑에 정말 그런 북이 있다면, 그 때는 어찌할 테냐?"

"무슨 수를 써서라도 그 북을 찢어 없애고, 그런 연후에 낙랑을 쳐야지요. 소자, 자명고든 낙랑이든 고구려의 앞길을 가로막는 것은 그 어떤 것도 절대 용납하지 않을 것이옵니다."

"장하구나, 내 아들아. 네가 있어 이 아비는 언제나 마음이 든든하다."

아바마마의 얼굴에 다시 흐뭇한 미소가 피어 올랐다. 호동의 입가에도 미소가 피어 올랐다.

"네가 낙랑에 가는 문제는 다음에 다시 얘기하도록 하고, 밤이 늦었으니 오늘은 이만 쉬거라."

아바마마가 자리에서 일어났다. 호동은 왕자궁 바깥까지 나가 아바마마의 행차를 배웅했다.

잠시 뒤, 호동은 다시 궁 안으로 들어왔다. 처소에 들기 전에 문득 멈추어 서서 밤 하늘을 올려다보았다.

아까보다 더 많은 별들이 밤 하늘을 가득 메우고 있었다. 별

들이 너무 많아, 당장에라도 찰그랑찰그랑 소리를 내며 와르르 쏟아져 내릴 것만 같았다.

　가슴 가득 그 별들을 들이마시며 호동은 다짐했다.

　저 별에 맹세하리.

　내 무슨 수를 써서라도 낙랑의 북을 찢고 낙랑을 처부수리.

　그리하여 고구려가 저 넓은 요동 벌판까지 끝없이 뻗어 나가도록 길을 터놓으리.

　그 일로 아바마마의 인정을 받고 태자로 책봉되리니,

　그 맹세 반드시 이루겠다고 다시 한 번 맹세하리.

　저 별에 맹세하리.

꽃이여 아름다운 꽃이여

청초했다. 숲 속 바위 틈에서 함초롬히 피어난 한 떨기 들꽃은 궁궐 화단에서 가꾸는 화려한 화초에서는 느낄 수 없는 청초함을 지니고 있었다.

예희는 바위 앞에 쭈그리고 앉아 홀린 듯 들꽃을 들여다보았다.

'세상에 이름 없는 꽃은 없는 법, 이 꽃의 이름은 무얼까. 이 자태만큼이나 어여쁜 이름일 텐데…….'

궁궐 안에서만 자란 예희는 들판에 제멋대로 피어 있는 들꽃 이름을 많이 알지 못했다. 화단에 공들여 가꾸는 진귀한 꽃들의 이름은 다 알고 있지만.

나무꾼이나 마을 처자가 지나간다면 이 꽃의 이름을 물어 볼 수도 있으련만.

예희는 꽃 이름을 알지 못하는 것을 못내 아쉬워하며 꽃 가까이로 얼굴을 갖다 댔다. 은은한 향내가 코끝에 감돌았다.

두 해 전에 돌아가신 어마마마의 얼굴이 연보랏빛 가녀린 꽃잎 위로 불쑥 떠올랐다. 꽃 내음이 어마마마에게서 풍겨 오던 향내와 비슷했던 것이다.

그와 함께 어마마마의 다정한 목소리가 귓가에 되살아났다.

"예희야, 무지개 같은 내 아이야."

어마마마는 가끔 예희를 무지개 같은 아이라고 불렀다. 돌아가실 때까지도, 예희가 어엿한 아가씨가 되었는데도 어마마마는 그렇게 불렀다.

어마마마는 예희를 가졌을 때 꿈에 무지개를 보았다고 했다. 그래서 무지개처럼 고운 딸을 낳을 줄 알았다고 했다.

어마마마가 공주를 낳자 아바마마는 왕자가 아니어서 조금은 서운해하면서도 예희라는 이름을 지어 주었다. 무지개 예(霓)자 계집 희(姬)자, 무지개처럼 고운 딸이라는 뜻이었다.

어마마마는 예희가 어렸을 때 입버릇처럼 말하곤 했다.

"하늘 아래 너처럼 예쁜 아이는 다시없을 것이다. 이 다음에 네가 자라 아름다운 아가씨가 되면 세상에서 제일 잘난 사내가 널 사랑할 것이다. 하늘만큼 땅만큼, 너를 위해 제 목숨까지 바칠 만큼 그렇게 널 사랑할 것이다. 넌 그만한 사랑을 받을 자격이 있는 예쁜 아이니까, 무지개 같은 아이니까."

예희에 대한 어마마마의 사랑은 유별났다. 어마마마가 그처럼 사랑해 주고 또 사람들이 공주라고 떠받들어 주었기 때문에 예희는 철이 들기 전까지 제가 세상에서 제일 예쁜 아이인 줄 알고 자랐다.

물론 구리 거울 속의 제 모습이 아름답기는 했다. 하지만 한 사내가 목숨을 바쳐 가면서까지 사랑할 만큼 예쁜 것 같지는 않았다. 또 그렇게까지 아름답기를 바라지도 않았다.

다만 예희가 바라는 것은 진실한 사랑이었다. 올해 예희의 나이 열여덟, 진실하고 아름다운 사랑을 꿈꿀 나이이기도 했다.

'내 겉모습이나 신분과는 전혀 상관 없는 사랑을 받고 싶어. 혹시 나라가 망해 공주에서 천한 노비의 신분이 된다 해도 변함 없이 나를 아껴 주는 사랑, 고운 이 얼굴에 험한 상처가 나서 보기 흉한 모습이 되어도 한결같은 사랑, 아무것도 바라지 않고 오로지 내게 무언가 주고만 싶어하는 사랑……. 아, 누군가 내게 그런 큰 사랑을 준다면 나는 몇 곱절 더 큰 사랑으로 그 사랑을 갚아 줄 터인데. 그가 천민이라도 사랑하고, 괴물처럼 흉

하게 생겼다 해도 끝없이 사랑할 터인데…….'

예희는 가늘게 한숨을 내쉬었다.

그런 사랑은 없어. 그건 다만 꿈일 뿐이지.

아바마마는 스무 살이 되기 전에 날 시집 보내겠다고 하셨으니, 조정 대신의 아들 중 누군가와 혼인을 해야겠지.

어쩌면 이웃 나라 왕자한테 시집을 갈 수도 있겠지. 화친을 위한 볼모로 말이야.

그런 건 정말 싫은데……. 무지개처럼 아름답고 가슴 설레는 사랑을 하고 싶은데…….

누가 내게 그런 사랑을 줄 수 있을까.

누가 내 그런 사랑을 받아 줄 수 있을까.

그런 꿈 같은 사랑을 할 수 없다면

꽃이여 아름다운 꽃이여

차라리 너와 같은 이름 모를 들꽃이 되어

조용히 피었다 소리 없이 지고 싶다.

갑자기 앞쪽에 긴 그림자가 드리워졌다. 예희는 무심결에 고개를 들었다.

예희에게서 대여섯 걸음쯤 떨어진 앞쪽에 한 젊은 남자가 우뚝 서 있었다.

나뭇가지 사이로 쏟아지는 4월의 햇살처럼 환한, 늠름하고 잘생긴 젊은이였다.

그는 비단 저고리와 바지를 입고 목이 긴 신을 신고 있었다. 저고리는 오른쪽 섶을 왼쪽 섶 위로 여민, 왼섶 옷이었다. 낙랑의 옷은 한나라를 따라 오른섶이었다.

저처럼 왼섶 옷을 입는 사람들은 북방 사람들이었다. 게다가 머리에 쓰고 있는 모자 양쪽에는 가는 깃털 두 개가 꽂혀 있었다.

고구려 사람임에 틀림없었다. 그것도 아주 신분이 높은 사람인 듯했다.

예희는 화들짝 놀라며 자리에서 일어났다. 예희의 눈과 젊은이의 눈이 마주쳤다. 젊은이의 두 눈은 그윽하고 깊어 보였다.

예희는 까닭 없이 얼굴이 붉어져 고개를 숙였다. 두 뺨이 화끈거리며 심장이 세차게 뛰었다.

젊은이가 두어 걸음 다가와 바위 틈을 내려다보았다.

"꽃을 보고 계셨군요. 저만치서 보고 무얼 그리 들여다보시나 했습니다."

예희는 다시 고개를 들어 젊은이를 똑바로 쳐다보았다. 젊은이가 부드럽게 미소지었다.

예희도 따라 미소지으며 젊은이에게 말을 건넸다.

"혹시 이 꽃 이름이 무언지 아시나요?"

"이럴 줄 알았으면 들꽃 이름을 많이 알아 둘 걸 그랬습니다. 화단에서 가꾸는 꽃 이름은 다 아는데……."

젊은이의 목소리에는 안타까움이 듬뿍 배어 있었다.

'그렇다면 이 사람은 고구려 대신의 아들이거나 아니면 왕자임에 틀림없어.'

멀리서 메아리처럼 목소리가 들렸다. 늘 예희를 따라 다니는 시녀의 목소리였다.

"공주마마! 공주마마!"

아쉬웠지만 하는 수 없었다. 그만 돌아가야 했다.

"저를 찾는 것 같군요. 그럼 이만……."

예희는 젊은이에게 살짝 고개를 숙여 보이고는 홱 몸을 돌려 달아나듯 빠른 걸음으로 걸었다.

"잠깐만……."

뒤에서 젊은이가 부르는 소리가 들렸지만 예희는 애써 못 들은 체하며 급히 걸었다.

시녀가 예희를 보고 달려왔다.

"곧 궁으로 돌아간다 하옵니다. 어서 수레가 있는 곳으로 가셔요."

"알았다."

내처 발걸음을 옮기면서 예희는 뒤돌아보았다. 혹시나 했지만 아무도 보이지 않았다. 젊은이가 뒤따라와 주기를 바랐는데……

예희는 들릴 듯 말 듯 또다시 한숨을 내쉬었다.

'다시는 그분을 만날 수 없겠지. 그래, 난 한낮에 꿈을 꾼 거야. 지극히 짧고 덧없는, 아주 아름다운 꿈을.'

들꽃 같은 처녀가 숲 저 편으로 사라졌다. 호동은 그 처녀를 뒤따라가고 싶은 마음을 애써 억눌렀다.

'내게는 해야 할 큰일이 있다. 아직은 사랑 같은 것에 마음 쓸 때가 아니다. 태자가 되기만 한다면 여름 꽃 같은 화사한 사랑이 저절로 찾아오리라. 태자가 되기만 한다면 내게는 이루지 못할 것이 아무것도 없으리니…….'

그러나 태자가 되고 싶은 그 큰 꿈도 가슴 한켠에 무지개처럼 어려 있는 설렘까지 밀쳐 내지는 못했다.

호동은 그 처녀가 그랬던 것처럼 바위 앞에 쭈그리고 앉아 들꽃을 들여다보았다.

바람이 불었다.

연보랏빛 꽃잎이 하르르 떨렸다.

그 떨림 속에서 처녀의 고운 얼굴이 떠올랐다.

‘이름이 뭐냐고 물어 볼 걸 그랬지. 어디 사는 누구냐고도 물어 볼 것을.’

아까 멀리서 처녀를 부르는 소리를 호동도 듣기는 했다. 하지만 뭐라고 부르는지 알아들을 수 없었다. 오직 그 처녀만 알아듣고 황급히 사라져 버렸다.

‘옷차림으로 봐서는 신분이 높은 처녀 같은데, 혹시 낙랑 대신의 딸이 아닐까?’

이 곳이 옥저 땅이기는 하나 옥저는 고구려의 속국으로, 풍습이나 옷차림이 고구려와 여러 모로 비슷했다. 그런데 그 처녀가 입고 있는 옷은 분명 한나라 식이었다. 이 일대에서 그런 한나라 식 옷을 입는 나라는 옥저 바로 이웃에 있는 낙랑뿐이었다.

‘만약 그 처녀가 낙랑 대신의 딸이라면, 낙랑에서 다시 만날 수 있을지도 모르지.’

호동은 얼른 고개를 저었다. 다 부질없는 생각이었다. 지금은 그런 사소한 일에 마음 쓸 때가 아니었다. 낙랑으로 가서 자명고에 대해 알아봐야 한다. 그리고…….

호동은 아련하고 부질없는 그 마음을 털어 내며 말을 매어 둔 곳으로 갔다. 호동의 말과 마루의 말이 나란히 주인을 기다리고 있었다.

어제 아침 호동은 낙랑으로 가기 위해 마루와 함께 궁을 떠났다. 예정대로라면 벌써 낙랑 땅에 이르렀을 터인데, 이 숲으로 길을 잘못 들었다. 한참 헤매다 사냥꾼을 만났고, 그제야 이곳이 옥저 땅임을 알게 되었다.

마루는 좀더 자세히 길을 알기 위해 사람이 사는 마을을 찾아보겠다면서 숲 저 편으로 갔다. 호동은 마루와 반대편으로 가서 길을 살피다가 뜻하지 않게 들꽃 같은 처녀를 보게 되던 것이다.

호동은 말을 묶어 놓은 나무 아래 앉았다. 마루가 확실하게 길을 알아 올 터이므로 쓸데없이 헤매 다니는 것보다는 여기서 기다리는 편이 나을 것 같았다.

'바위 틈에서 피어난 그 아름다운 들꽃의 이름을 모르듯, 아지랑이처럼 사라져 버린 그 처녀의 이름 또한 알지 못하누나.'

하릴없이 풀잎을 뚝뚝 뜯어 흩뿌리면서 호동은 또다시 부질없는 생각에 빠져들었다.

얼마나 지났을까. 발소리가 들렸다. 마루였다. 호동은 자리에서 일어났다.

"이 숲만 빠져 나가면 낙랑 땅이랍니다. 낙랑 왕이 사는 궁궐은 말을 타고 반나절이면 갈 수 있다고 합니다."

호동과 마루가 말을 끌고 그 곳을 막 빠져 나가려 할 때였다.

두런거리는 소리와 함께 대여섯 명의 남자들이 숲 저 편에 나타났다. 일행은 호동과 마루에게로 다가왔다. 호동과 마루도 걸음을 멈추고 그들을 지켜 보았다.

그들은 호동과 마루에게서 서너 걸음쯤 떨어진 곳에서 멈추어 섰다. 호동은 긴장하면서 낯선 사내들을 찬찬히 살펴보았다. 마루 역시 바짝 긴장했다. 마루는 어떤 상황에서든 제 한 목숨 걸고 왕자 호동을 지켜야 하는 호위 무사였기 때문이다.

"그대들은 처음 보는 젊은이들인데 예사 사람 같지는 않구나. 옷차림을 보니 북방 고구려 사람들 같은데, 맞는가?"

일행 중에서 나이가 들어 보이고 풍채가 점잖은 사람이 온화한 낯빛으로 물었다. 그 사람은 한나라 식 호화로운 비단옷을 입고, 머리에는 관을 쓰고 있었다. 차림새나 말투로 미루어 보아 왕이 분명했다.

나머지 사람들은 그 왕을 수행하는 대신들과 병사들 같았다.

어쩌면 이 사람은 낙랑 왕 최리(崔理)일지도 모른다. 만약 이 사람이 낙랑 왕이라면…….

호동은 가슴이 뛰었다. 안 그래도 낙랑 왕을 만나러 갈 참인데, 정말 이 사람이 낙랑 왕이라면 하늘이 주신 기회가 분명했다.

"예, 저희들은 고구려 사람입니다. 귀인께서는 뉘시온지요?"

호동은 낙랑 왕인 듯한 남자에게 고개 숙여 인사하면서 예절 바르게 물어 보았다.

"나는 낙랑 왕일세. 그대는 아무래도 고구려 대왕의 아들 같은데, 아니신가?"

"바로 보셨습니다. 저는 고구려 대왕의 아들, 왕자 호동입니다."

호동은 끓어오르는 기쁨을 감추며 한층 깍듯하게 대답했다.

"고구려 대왕이 얼마나 걸출한 분인지는 내 그 명성을 들어 이미 알고 있네. 이제 보니 고구려 대왕은 아주 늠름하고 잘난 아들을 두셨구먼. 헌데 고구려 왕자가 예까지 어인 일이신가?"

"옥저의 숲이 아름답다기에 제 호위 무사와 함께 유람을 나왔습니다."

"하하, 나도 오랜만에 번잡한 궁궐을 떠나 예까지 소풍을 나왔다네. 이렇게 만난 것도 인연인데 내 궁궐로 함께 가지 않겠나? 그대들을 초대하겠네."

"큰 영광으로 알고 그 초대를 받아들이겠습니다."

"하하, 영광은 내가 영광이지. 자, 나와 함께 가시게나."

낙랑의 하늘이 진홍빛 노을로 곱게 타오를 무렵, 호동은 마루와 함께 낙랑 궁에 도착했다.

낙랑 왕은 내관을 시켜 호동과 마루를 작지만 화려한 전각으로 안내하게 했다. 불을 환하게 밝혀 놓은 전각 안에 들어서면서 내관이 말했다.

"이 곳은 아주 귀한 손님들만 묵어 가시는 전각입니다. 이 곳을 고구려 궁궐이라 생각하시고 편히 쉬시라고 대왕께서 말씀하셨습니다. 시종들이 늘 대기하고 있으니 고구려 궁궐의 시종이라 생각하시고 무슨 일이든 시키십시오."

전각 안의 시종들이 한 줄로 늘어서서 호동과 마루에게 공손하게 절을 했다. 내관은 시종들에게 호동과 마루의 말을 잘 돌보라고 이른 다음, 호동을 전각 안의 가장 큰 방으로 안내했다.

"이 곳이 왕자마마의 처소입니다. 호위 무사께서는 바로 옆에 있는 방을 쓰십시오. 그럼 잠시 쉬고 계시지요."

내관이 나간 뒤, 호동은 방 가운데 놓여 있는 탁자 앞에 앉았다. 마루는 방 바깥쪽을 살펴보고 아무도 없다는 것을 확인한 다음 호동의 맞은편에 앉았다.

"호랑이 굴에 들어왔으니 이젠 호랑이를 잡는 일만 남았군."

호동이 낮은 목소리로 중얼거리듯 말했다.

"이 곳에 머무는 동안 궁궐 안에 자명고가 진짜 있는지, 만약 그런 북이 정말 있다면 그 북을 넣어 두는 비밀 무기고가 어디에 있는지 제가 낱낱이 알아보겠습니다."

마루가 한층 목소리를 낮추어 말했다. 호동은 고개를 끄덕였다.

"하늘이 우리를 도우셨어."

한동안 호동도 마루도 말없이 저마다 생각에 잠겨 있었다. 갑자기 호동이 자리에서 일어났다.

"조의, 고단하지 않은가? 난 잠시 쉬어야겠네."

평소에 호동은 마루를 조의라는 관등으로 불렀다. 마루의 성이 을(乙)씨였으므로 다른 사람들에게 말할 때는 을조의라고 불렀다. 벗으로 대할 때만 마루라고 친밀하게 이름을 불렀다.

마루는 지금 호동이 혼자 있고 싶어한다는 것을 알아채고는 일른 자리에서 일어났다.

"그럼 쉬십시오, 왕자마마. 저는 옆방에 가 있겠습니다."

마루가 나간 뒤 호동은 방 안쪽에 있는 침상으로 가서 편안하게 드러누웠다. 낙랑에 왔으니 자명고에 대해 알아 내는 것은 이제 시간 문제였다.

자명고에 대한 모든 것을 알게만 된다면 낙랑을 처부술 계책을 마련할 수도 있을 터, 그런 연후에 나라에 큰 공을 세워 태자로 책봉되리라.

태자가 된 다음에는 태자비를 맞아들여야겠지. 아마도 조정 대신들 중에서 가장 실력 있는 대신의 딸을 태자비로 맞아야 할 거야. 아바마마가 그러했듯이.

옥저의 숲에서 꿈결처럼 잠시 만난 들꽃 같은 처녀의 얼굴이 오련히 떠올랐다. 호동은 애써 그 얼굴을 지워 버렸다. 낙랑은 머지않아 멸망할 나라다. 아무리 대신의 딸이라고는 하나 태자비로 걸맞은 신분은 아니었다.

'하지만 둘째 태자비로는 괜찮겠지. 아바마마도 어마마마를 그렇게 맞으셨으니……. 물론 그 때 부여는 우리 고구려보다 큰 나라이기는 했지.'

생각이 거기에 이르자 호동은 피식 웃음이 나왔다. 아주 잠깐 만났을 뿐인 그 처녀에 대해 자꾸만 부질없는 생각을 하게 되는 자신이 우스웠다.

호동은 눈을 감았다. 아무 생각 없이 그저 편안하게 쉬고 싶었다. 어제 아침 고구려 궁을 떠난 뒤로 몸도 마음도 한껏 당겨진 화살처럼 긴장해 있었다. 이제 잠시만 쉬리라. 태자가 되고 싶은 그 꿈까지도 잊고서 편안하게…….

나른한 잠이 밀려 왔다. 호동은 언뜻 잠이 들었다.

"왕자마마."

마루가 부르는 소리에 호동은 화들짝 놀라며 침상에서 벌떡 일어났다. 잠을 깨는 순간 지금 남의 나라 궁궐에 있다는 긴장 감이 되살아났기 때문이다. 하긴 자신의 처소인 왕자궁에 있을 때도 한가롭게 마음을 놓고 있지는 않았다. 궁궐이란 그런 곳 이었다.

"무슨 일인가, 조의?"

"내관이 왕자마마를 모시러 왔습니다. 낙랑 왕께서 함께 저 녁을 드시자고 하신답니다."

호동은 침상에서 내려와 옷 매무새를 가다듬고는 마루와 함 께 내관을 따라갔다.

낙랑 왕의 전각 안에 있는 넓은 방에 저녁 식탁이 벌써 차려 져 있었다. 등잔불을 여러 개 밝혀 놓아 방 안은 대낮처럼 밝 았다.

낙랑 왕은 식탁 앞에 앉아 호동과 마루를 기다리고 있었다. 둘은 낙랑 왕이 권하는 대로 맛깔스런 음식들이 가득 차려진 식탁 앞에 앉았다. 호동이 낙랑 왕과 마주보고 앉고, 마루는 호 동 옆에 나란히 앉았다.

낙랑 왕과 호동이 마주보고 앉은 자리 옆면에 빈 의자가 하 나 있었다. 아마 한 사람이 더 올 모양이었다. 호동은 식탁 모 서리를 사이에 두고 바로 자신 옆에 앉게 될 사람이 누구인지 문득 궁금해졌다.

호동이 빈 의자에 눈길을 주는 것을 보고 낙랑 왕이 빙긋 웃었다.

"내 딸을 오라고 했소. 아마 곧 올 게요."

그 말이 끝나기가 무섭게 바깥에서 궁녀의 말소리가 들렸다.

"대왕마마, 공주마마 납시었습니다."

"어서 들라 해라."

방 안으로 들어오는 공주를 보는 순간 호동은 숨이 멎는 것만 같았다. 낙랑 왕의 딸 낙랑 공주는 바로 옥저의 숲에서 보았던 들꽃 같은 그 처녀였다.

아, 그대가 낙랑 공주였던가.

나는 그대가 낙랑 대신의 딸이라고만 생각했는데, 공주였던가.

그대, 낙랑 공주여.

이렇게 금방 다시 만나려고 그대는 내 마음 속에 내내 머물러 있었던가.

호동은 식탁 아래로 눈길을 떨구며 뛰는 가슴을 진정시키려 애썼다.

공주가 빈 의자에 앉자 낙랑 왕이 말했다.

"인사드려라, 예희야. 고구려 왕자시다."

그제야 호동은 눈을 들어 공주를 보았다. 입가에 살풋 미소를 머금은 채, 공주도 호동을 마주보았다. 다시 만날 줄 알았다고, 공주는 눈으로 말하고 있었다.

"낙랑국 공주 예희이옵니다."

예희가 고개 숙여 인사했다. 호동도 고개 숙여 그 인사를 받으면서 답했다.

"고구려 왕자 호동이오. 그리고 이 사람은 내 호위 무사 마루요. 조의, 공주께 인사드리게."

마루가 공주를 보며 깍듯하게 인사했다.

"고구려 조의 마루입니다."

예희는 살짝 고개를 숙이며 그 인사를 받았다.

"자, 저녁을 들기 전에 먼 곳에서 오신 귀한 손님께 술부터 한잔 올려야겠다. 예희야, 왕자께 네가 술 한잔 따라 드리려무나."

"아닙니다. 제가 먼저 왕께……."

"하하, 괜찮으이. 자, 공주야. 어서 왕자께 술을 드려라."

하는 수 없이 호동은 바로 앞에 놓인 금술잔을 들었다. 예희가 조심스럽게 술을 따라 주었다.

호동의 눈과 예희의 눈이 또 마주쳤다. 호동의 눈에도, 예희의 눈에도 등잔 불빛이 일렁이고 있었다. 그 일렁이는 불빛에 서로 바라보는 상대편의 모습이 오롯이 새겨져 있었다.

예희의 눈에는 고구려 왕자 호동의 모습이, 그리고 호동의 눈에는 낙랑 공주 예희의 모습이 불빛과 함께 반짝이고 있었다.

옥빛처럼 변함 없으리니

　밤이었다. 낙랑 왕은 처소에 혼자 앉아 생각에 잠겨 있었다. 낙랑의 앞날과 딸 예회, 그리고 고구려 왕자 호동에 대한 생각들이 머릿속에 실타래처럼 엉켜 있었다.

　호동이 낙랑 궁에 온 지 벌써 나흘이 지났다. 지난 나흘 동안 낙랑 왕은 짐짓 나랏일에 바쁜 체하면서 호동을 대접하는 일을 예회에게만 맡겨 두었다.

　"귀한 손님이니 네가 정성을 다해 대접해야 한다. 고구려는 힘차게 뻗어 가는 나라로 앞으로 큰 나라가 될 것이다. 그런 고구려와 잘 지내게 되면 우리 낙랑에도 많은 도움이 될 것이니……."

호동이 낙랑 궁에 온 그 다음 날, 왕은 공주 예희에게 그렇게 당부했다. 예희는 수줍게 미소지으며 고개를 끄덕였다. 그 미소를 보고 낙랑 왕은 딸이 고구려 왕자를 싫어하지 않는다는 것을 알았다.

　"그리고 아침은 묵고 있는 전각에서 들어야겠지만, 저녁은 네 처소에서 대접했으면 좋겠구나. 아비가 함께 저녁을 먹으면 좋으련만 바쁜 일이 있어서 말이다."

　왕은 그렇게 호동을 대접하는 일을 예희에게 미루어 놓고는 짐짓 관심조차 가지지 않는 체했다. 대신 저녁마다 내관에게 그 날의 일들을 보고하게 했다.

　처음에 공주는 호동에게 궁궐 곳곳을 구경시켜 주었고, 그 다음 날은 궁궐 바깥의 아름다운 숲으로 산책을 나갔다고 했다.

　또 하루는 궁궐 정원에서 호위 무사와 시녀들과 어울려 어린아이처럼 술래잡기를 하며 즐겁게 지냈다고 했다.

　그리고 저녁이면 호동은 공주의 처소에서 마루와 같이 저녁을 먹는다고 했다. 저녁을 먹고 차를 마신 다음 이런저런 이야기를 나누다 아쉬운 듯 처소로 돌아간다고 했다.

　조금 전에도 내관은 왕에게 오늘 있었던 일들을 보고했다.

　"오늘 낮에는 고구려 왕자와 호위 무사가 활터에서 활을 쏘며 지냈다 하옵니다. 쏘는 화살마다 과녁 한가운데를 명중시키는지라 공주마마와 시녀들 모두 놀랐다 하더이다. 고구려 사람들은 활을 잘 쏜다더니, 헛말이 아닌가 보옵니다."

뒤이어 내관이 했던 말이 새삼스레 낙랑 왕의 귓가에 되살아났다.

"대왕마마, 공주마마를 늘 모시고 다니는 시녀들이 말하더이다. 공주마마와 고구려 왕자께서 정답게 이야기를 나누시는 모습을 보면 어떤 때는 오누이 같고, 또 어떤 때는⋯⋯."

"또 어떤 때는 어떠하단 말인가?"

"갓 혼인한 새각시 새신랑 같다 하옵니다."

낙랑 왕의 입가에 희미한 미소가 흘렀다.

'고구려 왕자를 사위 삼는다면 우리 낙랑의 안전을 보장받을 수 있겠지.'

그것은 지난 나흘 동안 호동을 몰래 지켜 보면서 낙랑 왕이 내내 한 생각이었다. 잘생기고 늠름한 호동은, 그가 굳이 왕자가 아니더라도 탐낼 만한 사윗감이었다. 그런데 그는 공주와 신분도 걸맞은 왕자이고, 게다가 힘차게 뻗어 가는 고구려 왕자였다.

물론 낙랑에는 적군이 쳐들어오기만 하면 알려 주는 신비한 북인 자명고가 있다. 그러나 자명고가 나라를 지켜 주는 데에는 한계가 있다.

적군이 쳐들어오는 것을 알고 아무리 철통 같은 방비를 해도, 그것은 적군과 아군의 세력이 비슷할 때의 얘기다. 낙랑보다 몇 배 강한 나라가 수많은 군사를 이끌고 쳐들어온다면 결국 성문은 부서지고 나라는 망하지 않을 수 없으리라.

고구려는 생긴 지 얼마 안 된 신생(新生) 국가이기는 하지만 나날이 쑥쑥 커 가고 있었다. 주위의 작은 나라들을 하나씩 둘씩 멸망시켜 세력을 키워 가고 있었다.

낙랑은 당장 고구려에 망할 만큼 약한 나라는 아니었다. 내일 고구려 군이 쳐들어온다 해도 미리 그 사실을 알고 방비만 잘 하면 물리칠 수는 있을 터였다.

그러나 고구려가 이대로 계속 커 간다면 제아무리 자명고라도 낙랑을 지켜 줄 수는 없다. 어쩌면 고구려는 한나라까지도 위협할 수 있을 만큼 커질지도 모른다.

'그러기 전에 고구려 왕실과 혼인하여 우리 낙랑의 안전을 보장받아야 한다. 그러면서 우리의 힘을 키워 나간다면 고구려가 제아무리 커진다 해도 우리를 넘보지는 못하리라. 쇠뿔은 단김에 빼라고 했으니…….'

왕은 바깥에 있는 내관을 불러 공주를 불러 오게 했다. 먼저 딸의 생각이 어떤지 알아본 다음, 호동을 불러 넌지시 그 마음을 떠볼 생각이었다.

얼마 뒤 공주가 들어왔다. 예희가 탁자 맞은편에 앉자 왕은 잠시 딸의 얼굴을 바라보았다. 예희가 부끄러운 듯 얼굴을 붉히며 고개를 숙였다. 일렁이는 불빛 때문일까. 그 모습이 전에 없이 청초하고 아름다워 보였다. 순간 어떤 느낌이 왕의 마음을 후려쳤다.

'이 아이가 호동 왕자를 몹시 좋아하는구나. 이 아이가 호동을 사랑하는 것보다, 호동이 이 아이를 더 사랑해야 할 터인데…….'

딸이 호동을 좋아하는 것이 반가우면서도 한편으로는 걱정도 되었다. 아버지만이 느끼는 지나친 걱정인지도 몰랐다.

"아바마마, 무슨 일이신지……."

낙랑 왕이 입을 다물고만 있자 예희가 살피듯 쳐다보며 물었다.

"그냥 너하고 이런저런 이야기를 나누고 싶어서 불렀다. 아비를 대신하여 고구려 왕자를 대접하느라 애를 많이 쓰는 것 같아서 말이다. 내관이 그러더구나. 호동 왕자가 이 곳에 머무는 것을 흡족해하고 즐거워하는 것 같다고. 다 네가 애쓴 덕분이다."

"……."

"너와 호동 왕자가 그렇게 정답게 이야기를 나눈다면서? 대체 무슨 이야기를 그렇게 많이 하누?"

"왕자님은 제게 주로 고구려 이야기를 해 주시어요. 전 우리 낙랑에 대한 이야기를 들려 드리고요."

"그것뿐이냐? 왕자가 네게 다른 특별한 말을 한 적은 없느냐?"

왕자도 예희를 좋아하는지, 좋아한다면 그 마음을 표현했는지, 왕은 그것을 알고 싶었다.

"특별한 말이라면……. 아, 어제 자명고에 대해 물으셨어요."

낙랑 왕은 순간 이맛살을 찌푸렸다. 하지만 자명고는 이제 비밀도 아니다. 낙랑에 그런 신비한 북이 있다는 것은 이미 온 세상이 다 알고 있다.

알고 있다 한들 저들이 어쩌겠는가.

자명고는 국경에 적군이 쳐들어올 때만 울리는 것이 아니라 무기고에 수상한 사람이 들어오기만 해도 둥둥둥둥 울린다.

무기고에 들어갈 수 있는 사람은 나와 공주와 왕족들, 그리고 충성스러운 몇몇 대신들뿐이고 그들 중에서 낙랑을 배신할 사람은 아무도 없으니,

고구려 왕자가 자명고에 대해 알았다 한들 걱정할 일이 무엇이겠는가.

왕은 이맛살을 펴면서 딸에게 부드럽게 물었다.

"그래서 왕자에게 자명고에 대해 다 이야기해 주었느냐?"

"예. 하도 신기해하길래……."

"잘했다. 헌데 너한테 한 가지 물어 보고 싶은 게 있다. 사실은 그 일 때문에 널 불렀다. 너, 호동 왕자를 어찌 생각하느냐?"

왕은 칼로 자르듯 분명하게 질문을 던졌다. 예희가 조심스레 되물었다.

"무슨 말씀이신지……."

"아비는 고구려 왕실과 혼인을 맺고 싶구나. 고구려 왕자는 너와 신분도 걸맞고 인물 됨됨이 또한 출중한 듯하니, 하늘 아래 그보다 더한 사윗감은 없을 듯하구나. 다만 네 뜻이 어떠한지 그걸 알고 싶구나."

"소녀는 아바마마의 뜻에 따르겠사옵니다."

예희가 고개를 숙이며 나직하게 대답했다.

"네가 싫은데도 이 아비의 뜻에 따르겠다는 말이냐?"

예희가 호동을 얼마나 좋아하는지 다 알면서도 왕은 짓궂게 물었다. 예희는 얼굴을 붉히기만 할 뿐, 대답하지 못했다. 왕은 소리내어 웃었다.

"하하, 네 마음을 알겠구나. 내 이제 호동 왕자를 불러 내 뜻을 말해 볼 터이니 너는 그만 돌아가 쉬도록 해라."

예희가 돌아간 뒤 왕은 다시 내관을 시켜 호동을 불러 오게 했다. 얼마 뒤 호동이 왕의 처소에 왔다. 왕은 내관에게 차를 내오게 하여 호동과 마주 앉아 차를 마셨다.

호동은 찻잔을 조용히 내려놓으며 왕을 바라보았다. 이런 밤에 왜 자신을 불렀는지 몹시 궁금했다. 그 마음을 헤아린 듯 왕은 부드럽게 웃음을 머금었다.

"내 왕자에게 한 가지 묻고 싶은 것이 있어 이 밤에 불렀네. 사사로운 질문이긴 하지만 내게는 중요한 일일세. 솔직하게 대답하여 주겠는가?"

"말씀해 보소서. 제가 대답할 수 있는 일이라면 다 말씀드리겠습니다."

"혹시 고구려에 왕자비가 있는지, 다시 말해 혼인을 했는지 알고 싶네."

"아직……."

"그렇다면 내 딸은 어떤가? 고구려 왕자의 왕자비로 말일세."

너무 갑작스런 질문이라 호동은 말문이 막혔다. 물론 호동은 예희를 좋아하고, 왕자비로 맞고 싶은 마음도 있었다. 그러나…….

호동이 대답하지 못하고 망설이자 낙랑 왕이 다시 말했다.

"내가 너무 성급하게 물어 본 듯하이. 그럼 다시 묻겠네. 왕자니 공주니 하는 신분을 떠나서, 부모의 허락이나 혼인의 예절 같은 절차도 떠나서, 그냥 한 장부로서 그대에게 지어미를 택하라고 한다면, 내 딸을 택하겠는가?"

"예."

호동은 솔직하게 자신의 마음을 말했다.

"그건 왕자가 내 딸을 특별하게 생각하고 있다는 뜻으로 받아들여도 되겠는가?"

"예."

"하하, 천생연분일세 그려. 공주 또한 왕자를 아주 특별하게 생각하고 있다 하니, 아무래도 하늘이 두 사람을 서로의 배필로 미리 정해 놓으신 듯하이. 어떤가, 내일이라도 고구려 대왕께 사람을 보내는 것이."

호동은 잠시 생각해 보았다. 낙랑 왕은 지금 두 나라가 혼인을 맺어 화친을 굳건히 하자는 뜻을 밝히고 있었다. 어쩌면 당장 낙랑을 치는 것보다는 그 편이 더 나을지도 몰랐다.

어제 호동은 공주에게서 자명고에 대해 들었다. 낙랑에 정말 그런 신비한 북이 있을 뿐만 아니라 그 북에 가까이 가는 것조차도 쉽지 않음을 알게 되었다.

그렇다면 낙랑을 멸망시킬 수 있는 방법은 딱 하나뿐이다.

그것은 고구려가 낙랑보다 몇 곱절 더 강한 나라가 되는 것이다. 자명고가 아무리 울려도, 낙랑 군이 아무리 철통 같은 방비를 해도 능히 낙랑 군을 물리칠 수 있을 만큼 강한 나라가 되어야 한다.

그 전까지는 낙랑과 화친하는 편이 좋을 것 같았다. 어차피 멸망시켜야 할 나라의 공주를 왕자비로 맞아들인다는 것이 마음에 걸리기는 하지만, 혼인을 하게 되면 예희는 저절로 고구려 여인이 될 터였다.

어마마마도 그러하지 않았던가. 고구려에 시집 온 뒤에는 아바마마가 부여를 치러 가는 일에 대해 아무 불평도 하지 않았다. 물론 마음 속에서야 서운하고 안타깝기도 했으리라. 그러나 아바마마 앞에서는 한 번도 그런 마음을 내비친 적이 없었다.

호동은 예희를 왕자비로 맞고 싶었다. 또한 아바마마는 자명고에 대해 몹시 궁금해하고 있을 터이니, 그 사실도 하루빨리 알려 주고 싶었다.

"정 그러시다면 내일 제 호위 무사를 고구려에 보내겠습니다."

낙랑 왕은 흐뭇한 듯 웃으며 고개를 끄덕였다.

다음 날 아침 호동은 마루를 불렀다. 바깥에서 엿듣는 사람이 없는 것을 확인한 다음, 호동은 마루에게 고구려에 다녀오라고 일렀다.

"아바마마께 자명고에 대해 상세히 말씀드리게. 내 생각으로는 낙랑을 치는 일을 아무래도 나중으로 미루는 것이 좋을 듯하니, 그 말씀도 드리게. 그리고 낙랑 왕이 우리 고구려 왕실과 혼인을 맺고 싶어하시니, 아바마마의 뜻은 어떠하신지 여쭈어 보고 오게나."

순간 마루의 얼굴에 서늘한 그늘이 내렸다. 하지만 마루는 이내 그 그늘을 지워 버리고는 여느 때와 다름없는 차분한 표정으로 말했다.

"알겠습니다, 왕자마마. 곧 다녀오겠습니다."

나흘 뒤 오후에 마루는 다시 낙랑 궁으로 돌아왔다.

"대왕마마께서는 왕자마마와 낙랑 공주의 혼인을 허락한다 하셨습니다. 고구려 왕실과 낙랑 왕실이 혼인으로 한층 가까워지는 것은 기쁜 일이라고도 말씀하셨습니다."

낙랑 왕은 기뻐하며 호동에게 말했다.

"고구려 대왕께서 허락하셨으니 오늘 저녁 혼례식을 치르도록 하게나. 성대한 혼례식은 어차피 고구려에 가서 다시 치러야 할 터이니, 오늘은 조촐하게 잔치를 열어 하늘과 낙랑의 조상님들께 고한 다음 지아비와 지어미의 연분을 맺도록 하세.”

　낙랑 왕이 왜 이렇게 서두르는지 알 수는 없었지만 호동으로서는 마다할 이유가 없었다. 마루가 고구려에 간 사이에 호동은 예희와 더욱 가까워져서 이제는 잠시도 떨어져 있고 싶지 않았다.

　그 날 저녁 낙랑 궁에서는 간소하지만 엄숙한 혼례식이 거행되었다. 대신들도 퇴궐하지 않고 모두 참석했다.

　이어 흥겨운 잔치가 열렸다. 시종들이 정성을 다해 만든 맛깔스런 음식들이 상마다 가득 차려졌고, 아리따운 무희들이 날아갈 듯 사뿐사뿐 춤을 추었다.

　밤이 이슥해지자 호동은 예희와 함께 신방에 들었다. 시녀들이 공주의 처소를 아름답고 향기로운 신방으로 꾸며 놓았다. 신랑 각시를 위한 술상도 차려 놓았다.

　술상 앞에 예희와 마주 앉아 호동이 다정하게 말했다.

　“이제야 겨우 우리 둘만 남았구려. 우리 둘이 다시 한 번 합근례(신랑 신부가 잔을 주고받는 혼례 절차)를 올립시다. 우리의 사랑을 다짐하기 위해.”

　예희가 귓불을 붉히며 호동의 잔에 술을 따라 주었다. 호동은 두 손으로 술잔을 받쳐 들고 경건하게 말했다.

　“오늘 밤 고구려 왕자 호동은 아름다운 낙랑 공주 예희를 지

어미로 맞이했음을 천지신명께 고합니다. 이제 호동은 지어미인 예희를 평생 아끼고 사랑하겠으며, 이 한 목숨 걸고 지켜 줄 것을 맹세합니다."

호동은 천천히 술을 마신 다음 예희의 잔에 술을 따라 주었다. 예희도 호동처럼 두 손으로 술잔을 받쳐 들고 다소곳하게 말했다.

"오늘 밤 낙랑 공주 예희는 고구려 왕자 호동을 지아비로 맞이했음을 천지신명께 고하나이다. 이제 예희는 지아비인 호동을 평생 존경하고 따르겠으며, 죽음의 그 날이 올 때까지 끝없이 사랑할 것을 맹세합니다."

예희는 술을 다 마신 다음 잔을 내려놓으면서 호동을 이윽히 바라보았다. 등잔 불빛을 받은 예희의 두 눈이 맑게 빛났다.

"정말 꿈만 같아요. 옥저의 숲에서 왕자님을 처음 보았을 때난 잠깐 동안 아주 아름다운 꿈을 꾸었다고 생각했거든요. 그런데 지금까지 그 꿈이 계속되고 있다니……."

"하하, 언제까지나 아름다운 꿈 속에서 살도록 해 주겠소. 모든 사람들이 부러워하는 고구려의 왕자비로, 평생 부귀 영화를 누리도록 해 주겠소."

"제가 바라는 건 부귀 영화가 아니에요. 한 목숨 걸고 저를 지켜 주시겠다는 왕자님의 그 언약, 그 언약 같은 큰 사랑을 정말 제게 주신다면⋯⋯."

"날 못 믿겠다는 거요? 내 한 목숨 걸고 그대를 지켜 주겠다
는 그 언약이 빈말 같소?"

호동은 일부러 화난 듯한 표정을 지으며 예희를 빤히 쳐다
보았다. 예희가 웃음을 머금고 호동을 마주보았다.

"돌아가신 어마마마께서 늘 제게 말씀하셨어요. 세상에서
제일 잘난 장부가 저를 사랑할 거라고요. 하늘만큼 땅만큼, 저
를 위해 자신의 목숨까지 바칠 만큼 그렇게 사랑할 거라고요.
그래서 전 꿈꾸게 되었죠. 누군가에게서 그런 큰 사랑을 받는
꿈을요."

"이제 그 꿈이 이루어진 거요. 나 그대를 사랑하오. 이 한 목
숨 아낌없이 바칠 만큼 그렇게 은애(恩愛)하고 또 은애하오."

"그 마음 변치 않으실 거지요? 어떤 일이 있어도 변함 없으
실 서지요?"

호동은 싱긋 웃더니 품 속에 손을 넣어 무언가를 꺼냈다. 작
은 비단 주머니였다. 호동은 비단 주머니를 열어 그 속에서 옥
으로 만든 쌍가락지를 꺼냈다.

"이건 어마마마께서 늘 손에 끼고 다니시던 옥가락지요. 돌
아가시기 얼마 전에 내게 주셨소. '나를 보듯 이 옥가락지를
보거라. 이 옥가락지에 깃들인 내 마음이 너를 지켜 주리니. 그

리고 이 다음에 네가 혼인하여 왕자비를 맞게 되거든 그 때 그 아이에게 이 가락지를 주어라. 그 아이와 내가 함께 너를 지켜 주리니…….' 어마마마의 그 말씀이 지금도 귀에 쟁쟁하오."

"정말 아름답고 귀한 가락지군요."

불빛을 받아 투명한 푸른빛을 내뿜는 옥가락지를 보며 예희가 꿈꾸듯 중얼거렸다.

"그대의 왼손을 내밀어 보오."

예희가 왼손을 호동 앞으로 내밀었다. 호동은 한 손으로 그 손을 잡고 다른 손으로 예희의 가운뎃손가락에 쌍옥가락지를 끼워 주었다. 가락지는 예희의 손에 꼭 맞았다.

호동은 기뻤다. 어마마마가 돌아가신 뒤, 늘 품 속에 소중하게 넣고 다니던 가락지였다. 이제 그 가락지가 다시 임자를 만났다!

"보석은 그 아름다운 빛이 변치 않기에 보석인 게요. 내 이 푸른 옥빛처럼 변함 없으리니, 그대는 나를 믿고 따라 주기만 하면 되는 거요."

"호동 왕자님, 죽는 날까지, 아니 죽어서도 이 가락지를 손에서 절대 빼지 않을 거예요."

호동을 바라보는 예희의 눈에 기쁨의 눈물이 어렸다. 눈물 어린 그 눈이 불빛을 받아 가락지의 옥빛 같은 투명한 빛을 내

뽑었다.

　꿈 같은 나날이 흘러갔다.

　호동과 예희는 한 쌍의 산비둘기처럼 한 순간도 떨어져 있지 않았다. 낮에는 둘이서 궁궐 여기저기를 거닐거나 궁궐 바깥 숲까지 산책을 나가기도 했다.

　그럴 때면 마루와 시녀들은 몇 걸음 떨어진 뒤에서 호동과 예희를 그림자처럼 뒤따르곤 했다. 시녀들은 시중을 들기 위해, 마루는 호위 무사의 본분을 다하기 위해.

　그러나 호동은 알지 못했다.

　마루가 자신이 호위해야 할 호동보다 그 곁에 서 있는 공주 예희를 더 자주 바라본다는 것을.

　밤이 되어 호동과 예희가 등잔불 아래 이마를 맞대고 도란도란 이야기를 나누고 있을 때, 마루는 묵고 있는 전각 뜰에 홀로 서서 별을 바라보며 땅이 꺼질 듯한 한숨을 내쉰다는 것을.

　눈 깜짝할 사이에 한 달이 흘러갔다. 낙랑 궁 뜰에 여름이 성큼 내려앉았다.

　고구려에서 사자가 왔다. 급히 돌아오라는 대왕의 전갈을 가지고서.

　"나 혼자 오라고 하시더냐?"

"예. 낙랑 공주는 다음에 좋은 날을 가려 예를 갖추어 맞아들이겠다고 하셨습니다."

마침내 이별의 날이 왔다. 공주의 처소에서 호동은 눈물을 글썽거리는 예희에게 몇 번이고 되풀이해서 말했다.

"곧 그대를 데리러 오겠소. 머지않아 예를 갖추어 데리러 오겠소."

"이 가락지를 왕자님인 듯 보면서 기다리겠어요. '이 옥빛처럼 변함 없으리니' 하셨던 그 맹세의 말씀 생각하고 또 생각하면서……."

예희의 두 눈에서 눈물이 쏟아져 내렸다. 호동은 손을 들어 눈물을 닦아 주었다.

"공주, 울지 마오. 그대가 울면 내 눈에서는 피눈물이 나오."

예희가 호동의 가슴에 얼굴을 묻으며 흐느꼈다. 호동은 가만히 예희를 안아 주면서 흐느낌이 멎기를 기다렸다.

"이별의 시간은 길지 않을 거요. 잠시만 기다려 주오."

그 말을 남겨 놓고 호동은 마루와 함께 낙랑을 떠났다.

하늘은 어찌 나를

두 달이 지났다. 낙랑에서 돌아온 지 두 달이나 지났는데도 아바마마는 새로 맞아들인 며느리에 대해서 한 마디 말도 없었다.

호동은 답답하고 애가 탔다. 예희는 날마다 가슴 조이며 고구려에서 소식이 오기만을 기다리고 있을 터였다.

'아바마마께서는 왜 아무 말씀도 안 하시는 걸까? 분명 무슨 생각이 있으신 것 같은데……. 그렇다고 내가 먼저 말씀드릴 수도 없고.'

꽃밭 가득 피어난 여름 꽃들 위로 예희의 얼굴이 어른거렸다.

호동은 한숨을 내쉬었다. 아바마마의 말이 있어야지만 예희에게 소식이라도 전할 수 있을 터였다.

'두 달 동안 소식 한 자 못 전했구나. 무정한 사람이라고 원망하는 건 아닌지…….'

눈물 어린 예희의 눈이 떠올랐다. 호동은 마음이 저렸다.

"왕자마마, 대왕마마께서 찾고 계십니다."

낙랑에서 돌아온 뒤로 이런 저녁때 아바마마가 호동을 찾은 적은 없었다. 기대로 가슴이 두근거렸다. 호동은 시종들을 거느리고 대왕궁으로 갔다.

"너하고 오랜만에 차나 같이 마시고 싶어서 불렀다."

"예."

마주 앉아 차를 마시면서 호동은 아바마마의 표정을 살폈다. 아바마마는 오로지 차를 함께 마시기 위해 호동을 불렀다는 듯 여유롭고 한가한 표정이었다.

'아바마마께 예희에 대해 말씀드려 볼까?'

호동은 이내 조급한 마음을 꾹 눌렀다.

"네가 남다른 포부를 가지고 있다는 것을 아비는 잘 알고 있다."

차를 다 마신 뒤, 아바마마가 갑자기 정색을 하며 말했다.

포부. 호동은 정신이 번쩍 들었다.

그래, 내게는 큰 꿈이 있었지.

나라에 큰 공을 세워 태자로 책봉되고 싶은 꿈이.

그런데 난 그 꿈을 까맣게 잊고 있었다.

오로지 내가 해야 할 일은 예희를 데려오는 일뿐인 듯 그렇게.

"호동아, 아비는 네게 한 가지 물어 보고 싶은 것이 있다."

호동은 문득 긴장하며 아바마마를 쳐다보았다. 어쩐지 아바마마가 아주 중요한 말을 할 것 같았다.

"사랑과 조국 중에서 한 가지를 택하라면 너는 무엇을 택하겠느냐?"

"당연히 조국을 택해야지요. 고구려 사내라면 당연히 조국이 먼저이지요. 사랑은 또 얻을 수 있으나 조국은 하나뿐인 까닭에……."

"이제야 마음이 놓이는구나. 사실 아비는 그 동안 네가 낙랑 공주에게 너무 빠져 있는 것이 아닌가 하여 걱정했구나."

호동은 얼굴을 붉혔다. 한동안 예희에게 빠져 있었던 것은 사실이었으니까.

"낙랑 공주가 보고 싶겠구나. 혼인하자마자 너희 둘을 갈라 놓고 아무 말도 안 해서 속으로 섭섭했으렷다."

"아, 아니옵니다, 아바마마."

"나도 그 아이를 보고 싶다. 처음 맞은 며느리인데 왜 아니 보고 싶겠느냐. 다만 그 전에 해야 할 일이 있을 것 같아서……."

아바마마는 말꼬리를 흐리더니 오랫동안 입을 다물고만 있었다.

등잔불이 일렁거렸다. 호동의 마음도 등잔불처럼 흔들렸다. 대체 무슨 말을 하려고 아바마마가 이렇게 뜸을 들이는 것인가.

"넌 우리의 힘을 더 키워 낙랑을 치자고 했지만 아비의 생각은 다르다. 우리가 힘을 키우는 사이에 낙랑 또한 힘을 키울 터, 낙랑을 치기에는 지금이 가장 좋은 때인 것 같구나. 낙랑 공주를 데려오는 일도 그렇다. 공주를 데려온 다음에 낙랑과 껄끄러운 일이 생기면 넌 마음이 여려서 냉정하게 일을 처리하지 못할 수도 있다. 아예 낙랑을 멸망시킨 다음에 데려오면 뒤탈도 없고, 너 또한 마음 편히 나라를 위해 일할 수 있을 것이다. 어떠냐, 네 생각은?"

"아바마마의 생각이 옳으신 듯하옵니다."

"헌데 자명고가 문제로구나. 지금은 낙랑과 우리 고구려의 힘이 비슷하니, 만약 낙랑이 미리 알고 방비를 하면 싸움을 오래 끌게 되고 군사들이 많이 상할 염려가 있다. 그렇게 싸움을 질질 끌다가는 패할 수도 있다. 우리가 이길 수 있는 길은 오직 한 가지, 낙랑이 안심하고 있을 때 기습하여 단숨에 쳐부수는 것뿐이다. 자명고만 없다면이야……."

아바마마는 또다시 입을 다물고 한동안 침묵을 지켰다. 호동 또한 잠자코 있었다. 마음도 복잡하고 머릿속도 복잡하여 섣불리 말을 꺼낼 수가 없었다.

"자명고가 있는 비밀 무기고에는 낙랑 왕족들만 들어갈 수 있다지? 허, 세상에 그런 신통한 북이 있다니……."

아바마마는 탄식하듯 말을 내뱉더니 호동을 이윽히 바라보았다.

"호동아, 문득 네 할바마마 생각이 나는구나. 할바마마께서는 내 나이 열네 살 때 나를 싸움터에 내보내셨다. 강한 부여 군과 싸워야 하는 큰 싸움이었지. 어린 마음에도 할바마마께서 나를 그리 믿어 주시는 것이 황송하고 기쁘더구나. 그 기대에 어긋나지 않도록 목숨 걸고 부여 군을 무찌르리라, 그리 결심했었지. 결국 아비는 부여 군을 무찔렀고, 그 이듬해에 태자로 책봉되었다."

태자. 호동은 새삼 가슴이 뛰었다.

"이제 아비도 할바마마처럼 해 보련다. 내 너에게 낙랑을 치는 일을 맡기련다. 어찌하면 단숨에 낙랑을 칠 수 있을지, 네가 지혜를 짜내 보아라. 네가 그 방법을 생각해 내면, 아비는 그대로 따르마. 너를 믿고 그대로 따르마."

네가 낙랑을 무찌르는 공을 세우기만 한다면 내 너를 태자로 책봉하리라. 드러내 놓고 말하지는 않았지만 아바마마는 분명 호동에게 그런 약속을 하고 있었다.

"아바마마, 소자 아바마마의 기대에 어긋나지 않도록 반드시 낙랑을 무찌를 방법을 찾겠습니다."

"밤이 늦었으니 그만 가서 쉬어라."

"예."

호동은 처소로 돌아왔다. 마음이 무거웠다. 호동도 아바마마도 이미 알고 있었다. 낙랑을 쳐서 이길 수 있는 방법은 오직 한 가지, 자명고를 찢는 것뿐이라는 것을. 그리고 그 북을 찢을 수 있는 사람 또한 하늘 아래 오직 한 사람, 낙랑 공주 예희뿐이라는 것을.

낙랑 공주를 시켜 자명고를 찢게 해라. 이것은 아바마마의 말 없는 명령이었다. 입 밖에 내어 말하지 않고 다만 그 뜻을 헤아릴 수 있도록 에둘러 말했기 때문에 그 명령은 더 큰 힘을 지니고 있었다.

호동은 아바마마의 명령을 도저히 거역할 수 없음을 알았다. 태자가 되고 싶고, 또 아바마마에게 무언가 보여 주고 싶었다. 예희에게 그런 일을 시키는 것이 마음에 걸리기는 했다. 하지만 예희는 충분히 이해하여 주리라.

'내가 태자가 된다면 공주도 기뻐하리라. 공주도 태자비가 되고 나중에는 위대한 고구려의 왕비가 될 테니, 그보다 더한 영광이 어디 있으랴.'

어쩌면 그 일 때문에 예희가 위험에 처하게 될지도 모른다는 생각이 언뜻 들었다. 호동은 고개를 저어 이내 그 생각을 떨쳐 버렸다.

'공주에게 무슨 위험이 있겠는가. 북이 찢겨졌다는 것은 고구려 군이 낙랑 궁에 이른 다음에나 알게 될 것이니, 그 때 낙랑 왕이 무얼 할 수 있겠는가. 또 누가 북을 찢었는지도 알 수 없을 터, 알았다 한들 그 경황 중에 설마 낙랑 왕이 제 딸을 벌 주기야 하겠는가.'

매도 먼저 맞는 것이 낫다는 말처럼, 하기 껄끄러운 일일수록 서둘러 하는 편이 좋을 것 같았다. 호동은 시종에게 마루를 불러 오라고 일렀다.

마루는 호위 무사인 까닭에 아예 왕자궁에서 살았다.

곧 마루가 왔다.

"부르셨습니까, 왕자마마?"

호동은 탁자 앞에 앉은 채 마루를 쳐다보지도 않고 메마른

소리로 말했다.

"내일 낙랑으로 가게. 낙랑에 가서 공주에게 내 말을 전하게. 만일 공주가 낙랑의 비밀 무기고에 들어가 자명고를 찢는다면 내가 예를 갖추어 왕자비로 맞아들일 것이나, 그렇지 못하면 맞이하지 않겠다고 이르게."

방 안에 한동안 긴 침묵이 흘렀다.

호동은 문득 이상한 생각이 들어 마루를 쳐다보았다. 호동이 무언가 명령을 내리면 마루는 즉시 대답했다. 이처럼 길게 침묵을 지킨 적은 한 번도 없었다.

호동이 쳐다보자 장승처럼 버티고 서 있던 마루가 그제야 입을 열었다.

"외람된 말씀이오나, 왕자마마. 그것은 대왕마마의 분부이신지요, 아니면 왕자마마의 생각이신지요?"

"일개 조의인 그대가 그것까지 알아야 하는가?"

호동은 까닭 없이 짜증이 치솟아 날카롭게 말했다. 마루가 아래로 눈길을 떨구었다.

"죄송합니다, 왕자마마."

"내일 새벽 궐문이 열리자마자 떠나게. 그리고 공주의 대답을 받아 오게."

"한 말씀만 더 여쭙겠습니다. 혹시 그 일로 낙랑 공주께서 다칠지도 모른다는 생각은 아니 하셨는지요?"

마루는 평소의 마루답지 않게 또다시 호동의 말에 토를 달 았다. 호동은 마침내 참을성을 잃고 버럭 소리를 질렀다.

"건방지구나, 마루. 내가 지어미조차도 지켜 주지 못하는 못 난 장부처럼 보이는가?"

"잘못했습니다, 왕자마마. 신의 무례함을 벌하시겠다면 그 리하소서."

"됐으니 그만 나가 보게."

"편히 주무십시오, 왕자마마."

마루는 깍듯하게 고개를 숙여 보이고는 방을 나갔다. 그러 나 그 깍듯함 속에서도 만만찮은 저항 같은 것이 느껴졌다.

호동은 마음이 편치 않았다. 마루의 저런 이상한 태도를 이 해할 수가 없었다. 지난 2년 동안 마루는 한 번도 호동에게 무 례하게 군 적이 없었다. 호동의 말에 토를 단 적도 없었다. 무 엇이 마루를 저토록 갑작스럽게 변하게 했는지 알 수 없었다.

'그 동안 내가 마루에게 너무 흉허물 없이 대했나 보다. 정 말 그 때문에 제 분수도 모르고 저렇게 건방지게 구는 것이라 면 좋다, 이제부터는 너를 결코 벗으로 대하지 않으리라. 너는 다만 내 부하일 뿐이니.'

마루가 나간 방문을 쏘아보면서 호동은 새삼스럽게 치밀어

오르는 노여움을 삭였다.

그 날 밤 마루는 잠을 이룰 수가 없었다. 낙랑 공주에게 호동 왕자의 말을 어떻게 전해야 할지 생각할수록 눈앞이 캄캄했다.

'왜 하필 내게 이런 일을 시키는가. 차라리 나더러 낙랑에 가서 북을 찢으라고 한다면 기꺼이 북을 찢다가 죽을 수도 있으련만.'

낙랑 공주의 고운 얼굴이 선히 떠올랐다. 마루는 가슴을 칼로 저미는 듯한 아픔을 느꼈다.

내가 언제부터 공주를 사모하게 되었을까. 마루는 문득 그런 생각이 들었다.

어쩌면 공주를 처음 본 그 순간부터인지도 모른다. 어쩌면 호동 왕자를 내내 뒤따르면서 공주를 지켜 보는 사이에 저도 모르게 연모하게 되었는지도 모른다.

'북을 찢으라고? 그렇지 않으면 데려오지 않겠다고? 그게 진정한 사랑일까? 그건 장사꾼처럼 거래를 하는 것이지 사랑은 아니야.'

마루는 호동 왕자를 위해 죽을 수도 있다고 생각했다. 그러나 이젠 아니었다.

호동이 시킨 일은 아무래도 떳떳한 일 같지 않았다. 진정한 고구려 사내라면 그렇게 비겁하게 승리를 훔쳐서는 안 될 것 같았다. 더구나 사랑하는 여인에게 흥정하듯 그런 일을 시킨다는 것은 아무래도 마루의 비위에 맞지 않았다.

호동은 태자가 되고 싶은 꿈 때문이라고 말할 것이다. 그렇게까지 해서라도 낙랑을 쳐부수어야 하는 것은.

마루는 고개를 저었다. 그건 꿈이 아니야. 그건 지나친 욕심이고 야심일 뿐이야. 내가 사랑한 것은 호동 왕자의 크고 아름다운 꿈이지, 그 비겁한 야심은 아니야.

할 수만 있다면 낙랑으로 가고 싶지 않았다.

하지만 마루 또한 어쩔 수 없는 고구려 사내였다. 자신에게 맡겨진 일을 모른 체할 수는 없었다.

마루는 새벽까지 방 안을 서성거리다가 닭이 울자마자 낙랑으로 가기 위한 준비를 했다. 호동을 보고 가는 대신 시종에게 말했다.

"왕자마마께서 기침하시면 내가 분부 거행하러 떠났다고 전해 주게."

마루는 낙랑을 향해 말을 달렸다. 아무것도 생각지 않고 그냥 미친 듯이 말을 달리고만 싶었으나, 마음 속의 탄식까지 막을 수는 없었다.

하늘은 어찌 나를 호동 왕자의 호위 무사로 내셨는가.

낙랑 공주를 호동 왕자의 배필로 정하시고도 어찌 내게 공주를 연모하는 마음을 주셨는가.

그것도 모자라 이제 내게 이런 잔인한 일까지 시키시는가.

아, 하늘은 어쩌자고, 정말 어쩌자고 나를 호동 왕자의 호위 무사로 내셨는가.

다음 날 해질 무렵, 낙랑 땅에 닿을 때까지 마루의 탄식은 그칠 줄 몰랐다.

공주의 시녀가 반가이 맞으며 마루를 공주의 처소로 안내했다. 시녀가 방을 나가자 공주가 물었다.

"내게 전할 말이란 무엇이오?"

어쩐지 누가 뒷덜미를 잡아당기는 듯하여 마루는 방문 쪽을 돌아보았다.

공주가 부드럽게 웃었다.

"엿들을 사람은 없으니 안심하고 말해 보오."

그래도 마루는 입이 떨어지지 않았다.

"그렇게도 하기 어려운 말이오?"

공주의 목소리가 무거웠다. 마루를 보고 기쁜 빛을 감추지 못하던 공주도 그제야 마루가 심상찮은 전갈을 가지고 왔음을 깨달은 모양이었다.

마루는 눈길을 아래로 내리깔고는 가까스로 입을 열었다.

"왕자마마께서 이런 말씀을 전하라 하셨습니다. 만일 공주마마께서 낙랑의 비밀 무기고에 들어가 자명고를 찢는다면 예를 갖추어 왕자비로 맞아들일 것이나, 그렇지 못하면 맞이하지 않겠다고……."

이번에는 공주가 말문을 닫았다. 침묵은 길고 또 길었다.

마루는 더 이상 참을 수가 없어서 고개를 들고 공주를 쳐다보았다.

공주는 돌이라도 된 듯 꼼짝도 하지 않고 서서 허공만 쳐다보고 있었다. 이윽고 공주가 마루에게로 눈길을 돌렸다. 마루는 차마 공주를 마주볼 수가 없어서 눈길을 떨구었다.

"알았소. 왕자께 알았다고, 그렇게만 전하시오."

공주의 목소리에는 아무 감정도 담겨 있지 않았다. 그저 차분하고 조용했다.

마루는 그것이 더 가슴아팠다.

"시종에게 일러 놓을 테니 저녁을 들고 가오. 먼길 오느라 고생했는데……."

"아, 아닙니다, 공주마마. 어서 돌아가야 합니다."

마루는 공주에게 인사하고 방을 나가려 했다. 그러나 그 전에 한 마디 할 말이 있었다. 그 말을 하지 않으면 가슴이 터져 버릴 것만 같았다.

"공주마마, 부디 옥체 보존하소서. 그럼 이만."

마루는 있는 힘을 다해 딱딱하게 말했다. 이어 공주에게 고개 숙여 인사한 다음, 방문 쪽으로 갔다. 마루가 막 방을 나가려 할 때였다.

"잠깐만, 마루."

공주가 그렇게 자신의 이름을 불러 준 것은 처음이었다. 마루는 놀라 뒤돌아보았다.

공주는 아까 마루가 막 도착했을 때처럼 밝고 편안한 표정으로 돌아와 있었다. 공주는 미소지으며 왼쪽 손목에 차고 있던 금팔찌를 빼냈다.

"예까지 오느라 애를 많이 썼는데, 고맙다는 표시예요."

공주가 금팔찌를 마루 앞으로 내밀었다. 마루는 당황하여 손을 내저었다.

"전 다만 할 일을 했을 뿐입니다. 제가 어찌 감히……."

"마루가 받지 않으면 내 마음이 편치 않을 것 같아요. 그러니 받아 주어요."

마루는 얼결에 두 손으로 팔찌를 받았다. 허둥대며 공주에게 다시 한 번 고개 숙여 인사하고는 공주의 처소를 빠져 나왔다.

마루는 어떻게 궁을 나왔는지, 언제 팔찌를 품안에 넣었는지 도무지 기억나지 않았다. 공주가 왜 내게 금팔찌를 주었을까, 그런 의문조차도 들지 않았다.

다만 하늘이 무너져 버린 듯한 아득한 마음으로 정신 없이 말을 달리고 또 달렸다. 고구려를 향해 말을 달리는 것 말고는 아무것도 생각지 않겠다는 듯 그렇게.

내 마음을 찢으리라

울고 또 울었다. 울다가 지치면 피식 웃음이 나왔다. 분해서 울고, 부끄러워서 울고, 그러다 한심해서 웃었다.

마루가 다녀간 뒤, 방에 혼자 있을 때면 예희는 마치 정신 나간 사람처럼 그렇게 울다 웃고 또 울었다.

아바마마나 시녀들 앞에서 예희는 전과 달라진 모습을 전혀 보이지 않았다. 아니 전보다 더 밝고 행복한 듯한 표정을 지어 보였다.

아바마마는 고구려에서 여태 아무 소식이 없는 것에 대해 의아해하고 있었다. 지난번에 마루가 와서 예희만 만나고 서둘러 돌아간 일에 대해서도 마찬가지였다.

"앞으로 두 달만 더 기다려 달라는 전갈을 가지고 왔어요. 지금 고구려 사정이 복잡하여 저를 데리러 올 수가 없대요. 두 달 뒤에 고구려 왕께서 정식으로 아바마마께 사자를 보내고, 예를 갖추어 저를 데리러 온다고 했어요."

예희는 환하게 웃으며 아바마마에게 그렇게 둘러댔다.

"그래도 나를 만나고 갈 것이지, 고구려 사람들은 다 그렇게 무정하다더냐? 나도 내 사위가 잘 있는지 궁금한 것이 많은데…… 어쨌거나 두 달 뒤에 너를 데려간다니, 시원하기도 하고 섭섭하기도 하구나."

아바마마는 웃으며 말했지만 예희가 한 말을 그대로 믿는 것 같지는 않았다. 분명 아바마마는 시녀에게 예희를 잘 살펴보라 할 터였다.

그래서 예희는 시녀들 앞에서는 더욱 잘 웃고, 말도 많이 했다.

하지만 혼자 있게 되면 예희는 미친 듯이 소리 치는 제 마음을 달랠 수가 없었다.

'북을 찢지 않으면 데려가지 않겠다고? 고작 그 정도였어, 고작. 그런데도 난 내가 아주 엄청난 사랑을 받을 거라고 착각하고 있었지. 호동 왕자가 날 위해 고구려도 버리고, 제 목숨까지도 버릴 줄 알았어. 허황된 꿈을 꾸었던 거야.'

이제 예희는 자신이 얼마나 초라한지 분명히 알게 되었다.

혼인을 해 놓고도 고구려를 위해 낙랑을 배반하지 않으면 버림받을 정도밖에 안 되는 보잘것 없는 공주, 그것이 자신의 참모습이었다. 그것이 분하고 부끄러웠다.

더욱 한심한 것은 북을 찢으면 데려가겠다고 큰 선심이나 쓰듯이 말하는 그 호동 왕자를 여전히 사랑하고 있다는 점이었다. 그를 위해 나라도 배반하고 북도 기꺼이 찢고 싶을 만큼. 정말 한심했다.

'그래, 호동 왕자. 난 그대를 위해서라면 북도 찢을 수 있고, 내 나라도 배반할 수 있고, 내 목숨까지도 내어 줄 수 있어. 하지만 이건 순서가 틀렸어. 그대는 말을 잘못한 거야. 북을 찢지 않으면 데려가지 않겠다고 그렇게 흥정하듯 사람을 보내는 게 아니었어.'

차라리 호동이 거짓말이라도 해 주었다면 얼마나 좋았을까. 예희는 눈물을 글썽이며 생각했다.

'그대에게 북을 찢게 하느니 차라리 고구려를 버리겠다. 왕자의 지위까지도 버리고 그대에게로 가겠다.'

그렇게 거짓말이라도 했으면 예희는 자신이 먼저 북을 찢어 버렸을 터였다. 북을 찢으라고 구차하게 말하지 않아도, 미리다 알아서 그렇게 했을 터였다.

그런데 호동은 너무도 솔직하게 제 마음을 그대로 다 말해 버렸다. 그 말이 예희를 얼마나 비참하게 만들지는 전혀 짐작하지 못한 채.

'어쩌면 호동 왕자는 처음부터 날 사랑하지 않았는지도 몰라. 내가 자신에게 도움이 될 거라고 생각해서 아바마마의 뜻대로 나와 혼인한 것인지도 모르지.'

예희는 문득 왼손을 내려다보았다.

호동이 끼워 준 쌍옥가락지. 가락지의 푸른빛은 변함 없건만, 이 옥빛처럼 변함 없으리라던 맹세는 그 말이 끝나기가 무섭게 허공에 흩어지고 말았다.

그런데도, 그런데도 그를 위해 북을 찢고 싶었다.

'북을 찢고 나면 난 어떻게 될까? 호동 왕자가 말한 대로 고구려의 왕자비가 되어 잘 살 수 있을까? 나라를 배반한 일도 까맣게 잊고, 이런 비참한 기분까지도 없었던 일인 듯 잊은 채 오로지 호동 왕자만 바라보면서 행복하게 살 수 있을까?'

예희는 고개를 저었다. 북을 찢어 고구려 군이 궁궐 앞까지 쳐들어오면 아바마마도 뒤늦게 북이 찢겨졌다는 사실을 알게 될 것이다. 그리고 북을 찢은 사람이 예희라는 사실 또한 알게 되리라.

'아바마마는 날 용서하지 않으실 거야. 나 또한 용서받기를

바라지 않아. 그런 짓을 저질러 놓고도 살기를 바란다면 그건 뻔뻔스러운 일이지.'

혹시 운이 좋아 호동이 찾으러 올 때까지 살아 있는다 해도, 그 다음에는 어찌 될 것인가. 이미 마음은 큰 상처를 받았고, 호동에 대한 믿음도 잃어 버렸다. 마음은 그릇 같아서 한번 깨어져 버리면 결코 예전으로 돌아갈 수 없다.

'한 번 배반한 사람은 두 번 세 번 배반할 수 있는 법. 설령 고구려에 가서 살게 된다 해도 마음은 언제나 불안하겠지. 호동 왕자가 또 언제 어떤 조건을 내걸어 날 버릴지도 모른다는 불안감 때문에 마음은 늘 가시 방석이겠지. 아, 그렇게 비참하게 살고 싶지는 않아.'

이제 겨우 열여덟인데, 제대로 살아 본 것도 아닌데 죽어야 할지도 모른다. 그런 생각이 드는 순간 눈물이 뺨을 타고 흘러 내렸다.

"공주마마, 부디 옥체 보존하소서."

갑자기 마루가 했던 말이 귓전을 울렸다. 예희는 눈물을 닦으며 한숨을 내쉬었다.

마루가 내뱉듯이 그 말을 했을 때 예희는 소스라치게 놀랐다. 그 짧은 몇 마디 속에 숨어 있는 아픈 마음을 깨달았기 때문이다. 예희 저를 진심으로 사랑한 사람은 호동이 아니라 바로 마루였다.

궁궐에서 함께 지낼 때, 마루의 눈빛이 왜 그렇게 슬퍼 보였는지 예희는 알 것 같았다. 왜, 마루가 호동이 아니라 자신을 호위하는 듯한 착각이 가끔 들곤 했는지도 비로소 알 것 같았다.

마루의 그 마음이 가여웠다. 그 부질없는 사랑이 애처로웠다. 늘 손목에 차고 다니던 금팔찌를 마루에게 빼어 준 것도 그 때문이었다. 그 가여운 사랑에 작으나마 답해 주고 싶었다.

진심으로 사랑하는 까닭에 마루는 헤아리고 있었다. 북을 찢는 일이 곧 목숨과 맞바꾸는 일이라는 것을. 그 일을 하기까지 예희가 겪어야 할 마음의 고통까지도 또한.

"공주마마, 부디 옥체 보존하소서."

마루의 그 짧은 말 속에는 그 헤아림이 고스란히 담겨 있었다. 할 수만 있다면 북을 찢는 일을 대신하고 싶다는 크낙한 사랑까지도 담겨 있었다.

하지만 마루가 전해 준 호동의 말에는 그런 헤아림이 전혀 들어 있지 않았다. 호동이 한 말을 마루가 한 자도 틀림 없이 그대로 전했다는 것을 예희는 알고 있었다. 호동의 그 말에는 오직 흥정과 조건만이 있었다.

북을 찢어라. 그러면 너를 데려가리라. 그렇지 않으면 너를 데려가지 않으리라.

마루는 지위가 그리 높다고 할 수 없는 호위 무사였다. 인물도 그리 잘생긴 편이 아니어서 마루가 호동 옆에 서 있으면 호동의 아름다움이 한층 돋보였다.

그런데도 이제 예희에게는 마루가 훨씬 아름답게 느껴졌다. 그것은 마루가 진정으로 남을 사랑할 줄 아는 마음을 지녔기 때문이다.

'그래. 호동 왕자는 남을 사랑할 줄 몰라. 그가 사랑하는 것은 오로지 자기 자신뿐이지. 잘생기고 신분이 높은, 아름다운 왕자인 자기 자신 말이야. 한심하게도 난 그 호동 왕자를 정신 없이 사랑하는 거고……'

예희의 입가에 쓸쓸한 미소가 흘렀다. 꿈꾸던 대로 큰 사랑을 받지는 못했지만 어찌 사랑을 받는 사람만이 귀하다 하리. 사랑을 하는 사람 또한 귀한 것을.

예희는 입술을 잘근잘근 깨물었다. 호동이 원하는 대로 북을 찢어 호동에게 무언가 보여 주고 싶었다. 제 한 목숨으로 호동에게 무언가 가르쳐 주고 싶었다. 그건 공주로서 가질 수 있는 마지막 오기, 마지막 자존심 같은 건지도 몰랐다.

아, 호동 왕자. 내 사랑 그대를 위해 기꺼이 북을 찢으리.

북을 찢고 내 마음을 찢고 내 목숨까지도 버리리라.

그리하여 내 그대에게 반드시 가르쳐 주리, 내 피로써 가르쳐 주리.

진정 사랑한다는 것이 무엇인지, 한 나라의 명운을 걸고 내 목숨을 걸고 가르쳐 주리.

그대는 조국을 위해 나를 버렸으나, 나는 그대를 위해 조국도 버리려 하니,

부디 그대가 깨닫기를 바라네, 진정한 사랑이 어떤 것인지를.

노래처럼 들려 오는 마음의 소리를 들으며 예희는 또다시 눈물을 글썽였다.

마루가 다녀간 지 거의 한 달이 지난 뒤에 예희는 비밀 무기고에 들어갔다. 그 날이 바로 예희가 비밀 무기고에 자연스럽게 들어갈 수 있는 날이었기 때문이다.

예희는 한 달에 한 번씩 무기고에 들어가 북을 살피는 일을 맡아 하고 있었다. 무기고 문을 활짝 열어 놓아 신선한 바람을 넣어 주고 향을 피워 나라를 지켜 주는 북에 감사를 드리는 일이었다.

그 일은 원래 왕비가 해야 하는 일이었다. 그러나 어마마마가 돌아가신 뒤 아바마마는 새 왕비를 맞아들이지 않았고, 대

신 그 일을 예희에게 맡겼다.

무기고 안에는 예희만 들어갈 수 있었다. 시녀라도 따라 들어오면 북은 둥둥둥둥 소리내어 울었다. 무기고를 지키는 병사들조차도 입구에서 지키기만 할 뿐 감히 무기고 앞까지 오지 못했다. 누구든 쓸데없이 북을 울리는 자는 적으로 의심받았기 때문이다.

예희는 늘 그랬듯이 아침 무렵에 무기고에 들어갔다. 긴 회랑(복도)을 걸어가 무기고 안으로 들어갔다. 자명고는 무기고 한가운데 신줏단지처럼 모셔져 있었다. 커다란 자명고 양쪽에는 작은 북들이 나란히 걸려 있었다. 마치 왕인 자명고를 모시는 신하들 같았다.

무기고 문을 활짝 열고 케케묵은 공기를 새 바람으로 바꿔 준 다음 다른 때보다 더 정성스럽게 향을 피웠다. 그런 다음 북을 향해 마지막으로 큰절을 올렸다.

'신령스러운 북이시여, 그 동안 낙랑을 잘 지켜 주시어 고맙습니다. 소녀 이제 사랑에 눈이 멀어 당신을 찢으려 하니, 소녀 예희를 절대 용서하지 마옵소서.'

마음을 다해 세 번 절을 한 다음 예희는 자명고 앞으로 천천히 다가갔다. 문득 북이 파르르 떠는 듯한 느낌이 들었다.

품 속에서 칼을 꺼냈다. 날카로운 단검이었다. 칼집에서 칼을 빼내자 창으로 들어온 햇빛을 받아 칼은 푸르스름한 빛을 내뿜었다.

예희는 잠시 망설였다. 정말 이래도 되는 걸까? 고구려가 쳐들어와 나라가 망하게 되면 아바마마는 어찌 되고 백성들은 또 어찌 되나.

하지만 아무리 신령스러운 북이라 해도 북 하나 때문에 한 나라가 흥하고 망하지는 않을 터였다. 한 나라가 흥하고 망하는 것은 다 하늘의 뜻이었다.

고구려가 나날이 커 가는 것도 하늘의 뜻이고, 고구려가 더 커지기 위해 낙랑을 노리는 것 또한 어쩔 수 없는 하늘의 뜻이었다. 자명고가 있건 없건 고구려는 언젠가 반드시 낙랑을 쳐부수고 말 터였다.

'북을 찢으면 내 너를 데려가리라.'

마루가 전해 준 그 흥정의 말이 귓전을 후려쳤다. 무서운 오기가 새삼 치솟았다.

'그래, 호동. 넌 내게 흥정을 했지만 난 사랑으로 되갚아 주겠어.'

예희는 이를 악물고 북 위쪽에 칼을 꽂았다. 칼을 쥔 손에 힘을 주어 아래로 내리그었다. 북은 둥 소리 한 번 내지 못하고 부욱 찢어졌다.

호동이 예희를 배반했듯, 예희는 북을 배반하고 나라를 배반했다. 이제 그 대가를 치르리라.

예희는 칼을 바닥에 던졌다. 한 순간이라도 아바마마가 다른 사람을 의심할까 봐 귀걸이 하나를 빼어 칼 옆에 던져 두었다.

예희는 무기고 문을 닫고 바깥으로 나왔다. 기다리고 있던 시녀들과 처소로 향했다.

"공주마마, 귀걸이가 하나뿐입니다."

눈이 밝은 시녀 하나가 말했다. 예희는 짐짓 깜짝 놀라는 체하며 왼쪽 귀를 만져 보았다.

"그렇구나. 어딘가에서 떨어졌나 보구나."

"쇤네가 찾아볼까요?"

"그만 두어라. 이 넓은 궁궐 어디서 귀걸이 한 짝을 찾겠느냐."

예희는 처소로 돌아와 가장 믿고 있는 시녀를 불렀다.

"네 오라비가 말도 잘 타고 아주 믿음직하다고 했지?"

"예, 공주마마."

"나를 위해 심부름 하나 해 줄 수 있을까?"

"하고말고요. 오라비도 저도 공주마마를 위해서라면 목숨까지 바칠 것이옵니다."

"고맙구나. 이 길로 궁을 나가 네 오라비에게 내 말을 전해라. 고구려로 가서 호동 왕자의 호위 무사를 만나라고 해라. 그 사람에게, 호동 왕자를 맞이할 준비가 다 되었으니 왕자께서는 오시기만 하면 된다고, 그렇게 내 말을 전하라고 해라."

"그 말씀만 전하면 되나요?"

"그래. 그 말만 전하면 된다. 그리고 이거."

예희는 패물이 가득 든 함을 시녀에게 내밀었다. 머지않아 죽게 될 터이니 패물 같은 건 예희에게 아무 소용이 없었다. 시녀의 눈이 휘둥그레졌다.

"공주마마, 이건 쇤네에게 너무 과분하옵니다."

"내 마음의 표시이니 받아 두어라. 오라비에게도 노자를 넉넉하게 주도록 해라."

시녀는 황송해하며 패물함을 안고 밖으로 나갔다.

예희는 잠시 방 안에 앉아 있었다. 갑자기 돌이라도 된 듯 아무 느낌도 없었다. 자신이 무슨 짓을 했는지 기억조차 나지 않았다. 슬프지도 않고, 노엽지도 않고, 두렵지도 않았다. 그저 무덤덤했다.

예희는 뜰로 나갔다. 시녀들에게 따라오지 말라고 이른 다음 혼자 천천히 뜰을 거닐었다. 여전히 무덤덤하고 아무 느낌도 들지 않았다.

문득 예희는 가락지를 끼고 있는 왼손을 들어 보았다. 햇빛을 받아 옥가락지가 선명한 푸른빛을 내뿜었다.

'이 옥빛처럼 변함 없으리니.'

호동의 목소리가 바로 곁에 있는 듯 또렷하게 들려 왔다.

예희는 팍 웃었다. 오른손으로 가락지를 빼냈다. 호동에게 죽어서도 손에서 그 가락지를 빼지 않겠다고 맹세했지만, 그 맹세 또한 이제 허공에 흩어져 버렸다.

예희는 저만치 있는 바위를 향해 옥가락지 두 개를 힘껏 던졌다. 쨍! 해맑은 소리를 내며 옥가락지가 깨어졌다. 깨끗하게 부서져서 옥이라 했던가. 가락지는 그렇게 깨끗하게 부서졌다. 아무 미련도 없다는 듯.

잃은 만큼 얻는 법

궁궐을 지키는 장수 한 사람이 대전으로 다급하게 뛰어들어
왔다. 낙랑 왕과 대신들은 영문을 몰라 눈을 크게 뜨고 장수를
바라보았다.

"마마, 큰일났사옵니다. 고구려 왕과 왕자가 군사들을 이끌
고 국경을 넘어 쳐들어오고 있다 하옵니다. 곧 이 곳 궁궐로 들
이닥칠 것이라 하옵니다."

"그게 무슨 소리냐? 적군이 쳐들어온다면 자명고가 울었을
게 아니냐? 적군이 코앞까지 들이닥쳤는데도 어째서 자명고가
울지 않았단 말이냐?"

낙랑 왕은 얼굴이 흙빛으로 변하며 떨리는 목소리로 소리쳤

다. 순간 딸 예희의 얼굴이 떠올랐으나 왕은 이내 그 얼굴을 떨쳐 버렸다. 그럴 리 없다. 설마 내 딸이…….

"소신 또한 그 일을 괴이하게 여겨 무기고에 가 보려 했으나 마마께 아뢰는 일이 먼저인지라 대전으로 달려온 것입니다."

"어서 무기고로 가 보자."

왕은 급히 무기고로 갔다. 장수와 대신들, 시종들이 왕의 뒤를 따랐다.

왕은 무기고 문을 열고 안으로 들어갔다. 대신들과 장수, 시종들까지 따라 들어갔다. 무기고에 들어와서는 안 될 사람들이 들어왔는데도 북은 울리지 않았다.

해가 나지막이 기운 오후여서 무기고 안은 어둑했다. 병사들이 불을 밝혔다.

"세상에……. 세상에 이럴 수가…….."

무참하게 찢겨진 북을 보고 낙랑 왕은 입을 다물지 못했다. 왕이 충격을 이기지 못해 비틀대자 옆에 있던 시종들이 재빨리 왕을 부축했다.

그 때 왕은 바닥에 떨어져 있는 칼과 귀걸이를 보았다.

"저, 저걸 주워 오너라."

병사가 칼과 귀걸이를 주워 왕에게 바쳤다. 왕은 부들부들 떨리는 손으로 그것들을 받아 들여다보았다. 왕뿐 아니라 대신들, 시종들까지도 그 귀걸이가 공주의 것임을 한눈에 알아차렸다.

　"호랑이가 스라소니를 낳았구나. 아무리 사랑에 눈이 멀었다고는 하나 어찌 내 딸이 이럴 수가……."

　왕은 쓰디쓰게 내뱉었다. 부디 공주만은 아니기를 간절히 바랐는데, 역시 공주였다.

　"고구려 왕자 호동이 공주마마를 부추긴 것이 분명하옵니다. 호동은 어쩌면 처음부터 작정하고 옥저의 숲에서 마마를 기다리고 있었는지도 모르지요."

　호동과 예희의 혼인을 끝까지 반대했던 대신이 말했다. 그 대신은 조정의 실력자로, 자신의 아들과 공주를 혼인시키고 싶어했지만, 뜻밖에 호동이 나타나는 바람에 뜻을 이루지 못했다.

　"지난 일을 탓해 무엇하겠소. 어서 대전으로 돌아가 이제 어떻게 해야 할지, 그것부터 의논합시다."

　왕은 대신들과 함께 대전으로 돌아왔다. 무거운 침묵이 대전을 감돌았다. 왕은 양쪽에 늘어서 있는 대신들을 바라보며 한숨처럼 말했다.

　"이 위급한 상황을 어떻게 넘겨야 할지 의견들을 말해 보오. 시간이 없소. 고구려 군이 곧 들이닥칠 것이라 하지 않소. 공주는 어찌하고, 고구려 군에 대해서는 또 어떻게 대처하면 좋을지 어서 말해 보오."

대신들은 서로 눈치만 볼 뿐 아무도 선뜻 먼저 입을 열려 하지 않았다. 이윽고 아까 그 대신이 한 발 앞으로 나섰다.

"나라를 망하게 한 죄인을 어찌 살려 둘 수 있겠습니까? 공주를 참하시어 흐트러진 기강을 바로잡고, 고구려 왕에게는 우선 항복하심이 옳을 듯하옵니다. 지금 아무 준비도 없이 저들과 싸웠다가는 병사들만 상하고 나라 또한 망하기 십상일 것이옵니다. 우선 항복하면 우리가 조공을 바치는 것으로 만족하고 고구려 군도 돌아갈 것이니, 그런 연후에 힘을 길러 저들과 다시 맞서는 것이 좋을 듯하옵니다."

왕은 침통한 표정으로 고개를 끄덕였다. 왕 역시 별다른 뾰족한 수가 없었다.

다만 공주를 벌할 생각을 하니 괘씸하다기보다는 가여웠다.

'어찌 그 아이에게만 잘못이 있다 하리. 나 또한 호동 왕자를 이용하고자 호동에게 그 아이를 먼저 내주었거늘. 고구려 왕이 나보다 한 수 위인 줄도 모르고, 내 얕은 꾀에 내 발등을 찧은 것이거늘……'

하지만 그럴수록 냉정해야 했다. 만일 지금 공주를 감싸고 돌면, 대신들 모두가 왕에게 등을 돌릴지도 모른다.

"공주를 데려오라. 내 이 자리에서 내 손으로 공주를 참하리라. 그리하여 낙랑의 조상들께 못난 자식을 낳은 죄를 사죄하리라."

병사들이 공주를 데려왔다. 예희는 바닥에 무릎을 꿇고 앉았다.

다시 무거운 침묵이 대전을 감쌌다. 왕은 천천히 공주 앞으로 걸어갔다.

"왜 북을 찢었느냐? 호동 왕자가 그리 시키더냐?"

예희는 고개를 떨군 채 아무 대답도 하지 않았다. 입이 열 개라도 할 말이 없었다. 오직 아바마마에게, 나라에 한없이 죄스러울 따름이었다.

"사랑이 그렇게 대단한 것이더냐? 네가 낙랑의 딸이라는 것도 잊을 만큼 그렇게……."

"죽여 주소서, 아바마마. 소녀 죽음으로써 죄값을 치르겠나이다."

"칼을 가져오라."

냉정하게만 들리는 아바마마의 목소리가 가늘게 떨리고 있음을 예희는 느낄 수 있었다. 새삼 내가 무슨 짓을 했나 싶었지만 다 부질없는 일이었다. 북은 이미 찢겨졌고, 돌이킬 수 있는 것은 아무것도 없었다.

칼을 가져온 듯, 칼집에서 칼을 빼는 소리가 들렸다.

예희는 눈을 감았다. 마지막이구나. 그런데 이상하게 별다른 느낌이 없었다. 그렇게 사랑한다고 믿었던 호동 왕자의 얼굴조차 떠오르지 않았다.

예희는 자신이 나라도 버리고 목숨까지도 버릴 만큼 호동을 사랑한다고 믿었다. 그런데 왜 마지막 순간에 그를 한 번만이라도 다시 보고 싶다는 애틋한 마음이 들지 않는 것일까. 예희는 그것이 더 안타깝고 슬펐다.

호동 왕자를 만나 사랑을 하고, 그와 혼인하여 함께 지냈던 꿈 같은 나날들도 그저 아득하고 흐릿하기만 할 뿐, 이 마지막 순간에 선명하게 떠오르는 추억조차도 없었다.

죽음으로써, 피로써, 호동에게 진정한 사랑을 가르쳐 주고 싶다던 오기조차도 이제는 우스웠다. 그가 진정한 사랑을 깨닫건 말건 예희는 이제 아무 관심도 없었다.

"마지막으로 하고 싶은 말은 없느냐?"

"다음 세상에 다시 아바마마의 딸로 태어날 수 있다면, 오늘의 이 불효를 다 기워 갚고 싶사옵니다."

아바마마의 호흡 소리가 들렸다. 흔들리는 마음을 다잡고, 칼을 힘껏 내리치기 위한 호흡이었다. 이젠 정말 마지막이었다.

느닷없이 예희의 머릿속에 무언가가 선명하게 떠올랐다. 그와 함께 어떤 애절한 느낌 하나가 예희의 가슴을 후려쳤다. 마음은 이미 돌이 되어 버린 줄 알았는데, 마지막 순간에 애틋하고 절절한, 가슴 저미는 아픔이 예희를 찾아왔다.

그것이 너무 기뻐 예희의 감은 눈에서 눈물이 솟구쳤다.

마지막 순간에 예희의 머릿속에 떠오른 것, 그것은 동그란 금팔찌였다. 마루에게 준 그 동그란 금팔찌였다.

낙랑 왕은 대신들과 함께 몸소 궁궐 밖으로 나왔다. 고구려 군은 막 궁궐 앞에 이른 참이었다. 낙랑 왕은 사자에게 흰 깃발을 들고 고구려 진영으로 가라 일렀다. 사자는 고구려 진영으로 가서 고구려 왕에게 낙랑 왕의 말을 전했다.

"우리 왕께서 고구려 왕에게 항복하시겠답니다. 지금 대신들과 함께 항복 의식을 치르겠다고 하셨습니다."

낙랑 왕이 대신들과 함께 고구려 진영으로 왔을 때 호동은 얼른 낙랑 궁으로 들어갔다. 항복하는 낙랑 왕을 보기가 어쩐지 편치 않았고, 또 한시바삐 예희를 만나 보고 싶었기 때문이다. 마루가 호동을 뒤따랐다.

궁궐 안에는 시종들도 시녀들도 거의 눈에 띄지 않았다. 모두 전각 안에 꼭꼭 숨어 버린 듯했다. 지난날 활기가 넘치던 낙랑 궁과는 너무 달랐다.

"공주는 어디 계시냐?"

호동은 전각 한쪽에 덜덜 떨며 서 있는 내관을 보고는 얼른 다가가 물어 보았다. 내관은 여전히 떨기만 할 뿐 대답하지 못했다.

"공주마마는 어디 계시오? 낙랑 왕께서 항복하셨으니 우린 아무도 해치지 않소. 그러니 공주가 어디 계신지 말해 보오."

마루가 차근차근 말하자 그제야 내관은 더듬거리며 말했다.

"대, 대전에 계시다고……."

호동은 마루와 함께 대전으로 달려갔다. 대전까지 가는 길에도 궁궐 사람들과는 거의 마주치지 않았다.

"공주, 내가 왔소. 내가……."

마침내 호동은 대전 안으로 뛰어들며 외쳤다. 대전은 텅 비어 있었다. 그 텅 빈 대전 바닥에 예희가 쓰러져 있었다. 호동은 소스라치게 놀라며 예희에게 다가갔다. 바닥에 무릎 꿇고 앉으면서 예희를 안아 일으켰다. 예희는 가슴에 칼을 맞은 채 죽어 있었다.

"공주, 예희……."

호동은 목이 메어 말을 이을 수가 없었다. 잠든 사람을 깨우듯 공주를 안고 흔들어 보았으나 공주는 감은 눈을 뜰 줄 몰랐다.

　호동의 뒤쪽에 넋 나간 듯 우두커니 서 있던 마루는 갑자기 고개를 홱 돌리더니 바깥으로 뛰쳐나가 버렸다. 하지만 호동은 그것을 알지 못했다.

　호동은 마치 살아 있는 사람을 대하듯 공주의 뺨을 어루만지고 손을 잡아 보았다. 조금씩 식어 가고는 있지만 손에도 뺨에도 아직 온기가 남아 있었다.

　'내가 그대를 죽게 했구나. 그대를 지켜 주겠다고 맹세했는데, 그 맹세가 헛맹세가 되었구나…….'

　가슴이 꽉 메이더니 호동의 두 눈에 눈물이 고였다. 눈물은 뺨을 타고 흘러내려 공주의 얼굴에 떨어졌다. 호동이 아니라 공주가 흘리는 눈물 같았다.

　호동은 떨리는 손으로 공주의 그 눈물을 닦아 주고 손도 꼭 잡아 주었다. 그러다 문득 호동은 공주가 왼손에 쌍옥가락지를 끼고 있지 않다는 사실을 깨달았다.

　공주는 분명 호동에게 말했다. 죽은 뒤에도 손에서 그 가락지를 빼지 않겠다고.

　걷잡을 수 없는 슬픔 속에서도 호동은 공주가 옥가락지를 끼고 있지 않다는 사실이 몹시 마음에 걸렸다.

　호동이 옥가락지를 끼워 준 다음부터 공주는 한 순간도 손

에서 그 가락지를 뺀 적이 없었다. 낮이나 밤이나 늘 끼고 있었다. 적어도 호동이 낙랑 궁에 있을 때는 그랬다. 그런데 왜 지금 공주의 손에는 옥가락지가 없는 걸까.

호동은 슬프고 착잡하여 대전으로 사람들이 들어오는 것도 알아차리지 못했다.

고구려 왕이 장수들과 병사들을 거느리고 대전으로 들어오고 있었다. 왕은 바닥에 앉아 공주를 부둥켜안고 있는 호동을 보고는 일이 어찌 된 것인지 짐작했다. 장수들과 병사들에게 잠시 나가 있으라 손짓한 다음 대왕은 아들에게 다가갔다.

"호동아."

대왕은 다정하게 아들을 불렀다. 호동은 그제야 공주를 조심스레 바닥에 누이고는 자리에서 일어났다.

"우리가 한 발 늦었구나. 조금만 더 빨리 왔어도 며느리를 살릴 수 있었을 텐데……."

호동은 아바마마에게 눈물을 보이기 싫어 고개를 숙였다. 아바마마가 호동의 어깨를 두드려 주었다.

"내 어찌 네 슬픔을 모르겠느냐. 허나 큰일에는 언제나 희생이 따르는 법이다. 세상이란 냉정해서 무엇이든 잃은 만큼 얻게 되는 법이다. 모든 일은 그 대가를 치러야 한다는 뜻이지. 이 아이는 고구려 왕자비이니 고구려로 데려가 왕자비의 예로 장례를 치르도록 하자. 고구려의 여인답게 고구려를 위해 꽃다운 목숨을 바쳤구나."

아바마마의 그 위로의 말은 호동에게 아무 도움이 되지 않았다. 호동의 머릿속에는 오직 한 가지 생각뿐이었다.

'왜 예희의 손에 내가 준 옥가락지가 끼워져 있지 않은 걸까?'

끓어오르는 슬픔보다도 더 견디기 힘들게, 그 의문은 호동의 마음을 갉아 대고 있었다.

아들은 아비를 닮고

아름답구나. 구리 거울에 비친 자신의 모습을 바라보며 왕비는 미소지었다. 다른 때보다 한층 공들여 치장한 때문인지 거울 속의 왕비는 스스로 보아도 눈이 부실 만큼 아름다웠다.

왕비는 거울을 들여다보며 한껏 슬픈 표정을 지어 보였다.

'아름다운 여인은 찡그려도 아름답고 슬퍼 보이면 더욱 아름답다고 했지. 내가 이렇게 가슴 저리게 슬픈 얼굴로 말하면 대왕마마도 내 말을 믿지 않을 수 없을 테지.'

아까 대왕궁에서 내관이 왔었다. 대왕이 우를 보러 오늘 저녁 왕비궁에 든다고 했다.

그 동안 대왕이 처소에 들 때마다 왕비는 호동에 대해 말하고 싶어서 입이 간지러운 것을 간신히 참았다. 아직은 때가 아니라고 생각했기 때문이다. 때가 아닌데 섣불리 말을 꺼냈다가는 호동이 아니라 왕비와 어린 아들 우가 다칠 염려가 있었다.

이제는 때가 온 것 같았다. 왕비가 사람을 시켜 퍼뜨린 노래가 나라 안 곳곳에 퍼져 있다고 했다. 아이들은 눈만 뜨면 거리로 나와 그 노래를 불러 댄다고 했다.

'호동, 넌 그 동안 잘 나갔지. 낙랑 공주를 죽게 하면서까지 네가 원하는 산꼭대기에 올라갔지. 하지만 사람은 잘 나갈 때 제일 조심해야 하는 거야. 산꼭대기에서는 한 번만 발을 잘못 디뎌도 곧장 아래로 떨어지거든. 마음 놓고 있을 때 누군가 뒤에서 힘껏 밀면 그 땐······.'

왕비의 입가에 얼음장 같은 미소가 흘렀다.

이따 대왕이 들면 내 그 마음에다 의심의 독을 풀리라.

아들은 아비를 닮는 법, 그 피가 어디로 가겠는가.

시아버님 유리명왕은 의심이 많은 분이었지.

태자 해명(解明)이 너무 잘난 것이 의심스러워, 칼을 내려 자결하라 명했지.

덕분에 나의 지아비 무휼이 태자가 되고 왕이 되었지.

의심이란 귀신보다 더 무서운 것, 내 그 무서운 의심의 독을 대왕의 마음에 풀리라.

오로지 사랑하는 내 아들 우를 위해서.

대왕은 해가 떨어지자 이내 왕비의 처소에 들었다. 왕비와 함께 저녁을 먹고, 옹알이를 시작한 우를 품에 안고 흐뭇한 듯 한참이나 들여다보았다.

유모가 우를 데리고 나간 다음 대왕과 왕비는 마주 앉아 술을 마셨다.

왕비는 술을 따르면서 왕의 표정을 살폈다. 왕은 편안하고 즐거워 보였다. 모처럼 복잡한 나랏일을 잊고 한가롭게 술을 마시니 당연히 기분이 좋을 터였다.

"오늘 밤따라 왕비가 무척 아름답게 보이는구려. 나이를 거꾸로 먹는 게요? 아니면 대낮이 아니어서 내 눈이 잠시 잘못된 건가?"

취기가 도는지 왕이 농담을 했다. 왕은 여느 때 거의 농담을 하지 않았다. 늘 근엄한 표정을 지었고, 대신들에게나 왕비에게조차 한 치의 빈틈도 보이지 않았다. 다만 기분 좋게 술이 취하면 표정도 부드러워지고 말투도 조금은 장난스러워졌다.

왕비는 미소를 머금었다. 바로 지금이다! 가슴 속에 은밀하게 준비해 온 그 말들을 이제 하나씩 둘씩 꺼내 놓아야 한다.

"어쨌거나 예쁘게 보아 주셔서 황송하기 이를 데 없사옵니다. 그 답례로 제가 마마께 노래를 읊어 드릴까 하옵니다."

"노래? 갑자기 웬 노래를 읊겠다는 거요? 왕비가 나를 위해 노래를 읊겠다니, 정말 오래 살고 볼 일이군. 하하, 어디 한번 들어 봅시다. 그래, 어떤 노래를 들려 주려 하오?"

왕은 재미있다는 표정으로 왕비를 빤히 보며 물었다.

"요즘 나라 안에 재미있는 노래가 퍼져 있다 하옵니다. 아이 들이나 어른들이나 모이기만 하면 그 노래를 부른다 하옵니다. 마마께서 꼭 들으셔야 할 것 같아서 제가 일부러 그 노래를 배 웠지요."

왕비는 말을 멈추고 대왕을 보았다. 속마음이 얼굴에 드러 나지는 않았지만 대왕은 분명 그 노래에 대해 궁금해하는 눈빛 이었다.

왕비는 기쁜 마음을 감춘 채 나지막이 노래를 읊었다.

부여 왕 띠소가 보낸 까마귀
머리 하나에 몸뚱이가 둘 달린
붉은 까마귀
지금은 어디 있나
세상일은 말하기 나름
지금은 누가 그 까마귀를 가졌나

등잔 불빛을 받고 있는 대왕의 얼굴에는 아무 표정도 나타나지 않았다. 대신 방 안에 침묵이 들어찼다. 침묵은 조금 길었다.

왕비는 참을성 있게 대왕이 먼저 그 침묵을 깨뜨리기만을 기다렸다.

"대체 그 일이 언제 적 일인데, 이제 와서 그런 노래들을 부른단 말인가? 싱거운 일이로다."

마침내 대왕은 아무 일도 아니라는 듯, 담담하게 말했다.

그러나 왕비는 그 담담함 뒤에 숨은 가녀린 떨림을 눈치채고 있었다. 이제 곧 대왕의 마음은 등잔 불빛처럼 흔들리게 될 터였다.

부여 왕 대소가 대왕에게 붉은 까마귀를 보낸 것은 12년 전이었다. 태자 무휼이 왕이 된 지 3년째 되던 해의 일이었다.

그 해 10월에 부여 사람이 왕 대소에게 까마귀 한 마리를 바쳤다.

"소인이 우연히 이 까마귀를 잡았는데 하도 이상하여 가져왔사옵니다."

그 까마귀는 머리 하나에 몸뚱이가 둘이고, 몸 빛깔은 온통 붉었다. 한 신하가 왕에게 말했다.

"하나의 머리에 두 몸이 달린 것은 두 나라를 하나로 아우를 징조가 분명하옵니다. 또 검은 까마귀가 붉은빛으로 변했다는 것도, 어떤 나라가 다른 나라에 합쳐져 본디 제 모습을 잃어버린다는 뜻으로 볼 수 있사옵니다. 아마도 왕께서 고구려를 차지하시는가 보옵니다."

대소는 크게 기뻐하며 그 까마귀를 고구려 왕에게 보냈다. 물론 그 신하의 말도 함께 전하게 했다.

무휼 대왕은 여러 신하들과 의논해 대소에게 다음과 같은 답을 보냈다.

"검은 것은 북방의 색이고, 붉은 것은 남방의 색이다. 북방의 색이 변해 남방의 색이 되었으며, 또 붉은 까마귀는 상서로운 것인데 그대가 이를 얻고도 가지지 못하고 나에게 보냈으니, 우리 두 나라의 흥망을 알 수 없겠구나."

대소는 그 말을 전해 듣고 몹시 놀랐다. 부여는 북방이고 고구려는 남방이니, 북방의 색이 변해 남방의 색이 되었다는 것은 결국 부여가 고구려로 변한다는 뜻이었다. 망하는 것은 고구려가 아니라 부여라는 뜻이었다.

"세상일이란 말하기 나름인데, 나는 한 사람 말만 듣고 그 까마귀를 경솔하게 고구려에 보내 버렸구나. 정말 그 까마귀가 상서로운 짐승이어서 그것을 가진 사람이 다른 한 나라를 차지한다면, 그 땐 어찌하누?"

대소가 그렇게 탄식하며 후회했다는 소리를 무휼 대왕은 나중에 전해 들었다.

그로부터 2년 뒤에 무휼은 부여로 쳐들어가 부여 왕 대소를 죽였다. 부여가 워낙 강한 나라여서 완전히 멸망시키지는 못했지만 그로 인해 부여의 힘이 크게 약해진 것은 사실이었다.

결국 대왕이 답한 대로 그 까마귀를 가진 사람이 이긴 것이었다.

"노래에는 그 노래를 지어 부르는 사람의 소망이 담겨져 있사옵니다. 아무 이유도 없이 십이 년 전의 일이 노래로 지어져 백성들 사이에 퍼졌겠나이까?"

왕비는 대왕의 마음 속에 지펴진 의심의 불씨에 불을 붙이기 위해 짐짓 근심스러운 낯빛으로 속삭였다.

"왕비는 누군가 일부러 그런 노래를 지어 퍼뜨렸다고 믿는 것 같소. 정말 그리 믿고 있는 게요?"

대왕은 여전히 아무렇지도 않다는 듯 말했지만 그 눈빛은 이미 등잔 불빛처럼 흔들리고 있었다.

"……."

"왜 대답을 않는 거요? 알고 있는 게 있으면 속시원히 말해 보구려."

"마마께서 오해하지 않으신다면, 제가 알고 있는 바를 다 말씀드리지요."

"내가 왕비를 오해할 일이 뭐가 있다고 그러오? 어서 말해 보오."

"정말 약속하신 거지요? 오해하지 않으실 거지요?"

"그렇대두. 어서어서 말해 보라니까."

"노래말을 자세히 살펴보소서. 지금은 누가 그 까마귀를 가 졌나, 그게 무슨 뜻이겠사옵니까?"

"까마귀는 이미 오래 전에 죽고 없거늘, 누가 그 까마귀를 가질 수 있단 말인가?"

대왕은 이미 다 짐작하고 있으면서도 딴전을 부렸다.

"노래 속의 까마귀는 하늘의 뜻을 빗대어 한 말일 뿐, 진짜 그 까마귀를 가리키는 말은 아니지요. 누가 그 까마귀를 가졌 느냐고 묻는 것은, 하늘이 누구를 이 다음 고구려의 왕으로 정 하셨는가, 그렇게 묻는 것이옵니다. 그리고 대답은 이미 그 물 음 속에 있으니, 그런 해괴한 노래를 지어 퍼뜨린 것도 바로 그 때문이지요."

왕비는 말을 멈추었다. 대왕은 생각에 잠긴 듯한 얼굴로 허 공만 바라보고 있었다.

다시 침묵이 방 안을 감쌌다. 길고 오랜 침묵 끝에 대왕이 말 문을 열었다.

"왕비는 짐작이 가는 데가 있소? 누가 그런 노래를 지어 퍼뜨렸는지?"

"오해하지 않는다 약속하셨으니 말씀드리지요. 태자가 되기를 열렬히 바라는 사람이거나, 아니면 그를 따르는 무리이겠지요."

"호동과 그 아이를 따르는 무리를 일컫는 것인가?"

"예, 마마."

"그리해서 그들이 얻는 것이 무엇이기에?"

"민심은 천심이라 하지 않사옵니까. 저들은 그 노래로써 백성들을 부추기고 있나이다. 지금 그 까마귀를 가진 사람은 호동이다, 하늘의 뜻이 호동 왕자에게 있으니 호동은 태자로 책봉되고 이 다음에 고구려의 왕이 되리라, 그렇게 부추겨 결국 마마께서 하루빨리 호동을 태자로 책봉하지 않을 수 없도록 만들려는 것이지요."

"……"

"마마, 지난번 낙랑의 항복을 받은 일로 호동과 그 무리는 호동이 마치 태자로 책봉되나 한 것처럼 기세가 등등하다 하옵니다. 벌써부터 그러하니 호동이 정말 태자가 되고, 왕이 되기라도 한다면 저와 우는 장차 어찌 될는지……."

"말이 좀 지나치지 않은가, 왕비?"

대왕이 언짢은 듯 말하며 왕비의 뒷말을 막았다. 그렇다고 그만 둘 왕비가 아니었다. 이미 내친걸음이었다. 가는 데까지 가 봐야 했다.

"대왕마마, 지나친 것은 제가 아니라 호동이옵니다. 요즘 호동은 저를 어미의 예로 대하지도 않사옵니다. 이 다음에 왕이 되기만 하면 저와 어린 우를 가만 두지 않겠다고 주위 사람들에게 다짐하듯 말한다고 하옵니다. 자신이 여태까지 태자로 책봉되지 못한 것도 제가 대왕마마께 자신을 모함했기 때문이라면서 저를 원수로 여긴다 하옵니다."

"왕비는 호동이 둘째 왕비의 소생이라 하여 미워하는 것은 아닌가? 아무려면 그 아이가 그런 말을 했겠는가?"

대왕이 나무라듯 말했다. 순간 왕비의 두 눈에 눈물이 고였다. 왕비는 눈물을 글썽이며 이윽히 왕을 바라보았다.

"마마께서는 저를 고작 그렇게밖에는 아니 보시는 것입니까? 다른 여인의 소생이라 하여 자식을 모함이나 하는 그런 마음 천한 어미로만 여기시는 것인지요? 마마, 제가 무엇이 답답하여 그리하겠나이까? 저는 엄연히 이 나라의 첫째 왕비이옵니다. 비록 호동이 맏이이기는 하나 적장자는 우입니다. 꿀리는 것은 정통성이 없는 호동이지 제가 아닙니다. 그런 제가 무엇 때문에……."

격해진 감정 탓인지 왕비는 뒷말을 잇지 못했다. 눈물이 뺨을 타고 흘러내렸다.

대왕은 당황했다. 오늘 밤따라 유난히 아름다워 보이는 왕비의 눈물 젖은 얼굴이 대왕의 마음을 뒤흔들었다. 대왕은 손을 들어 왕비의 어깨를 다독여 주었다.

"진정하오, 진정해. 내 말은 그런 뜻이 아니라……."

대왕이 위로의 말을 하려 하자, 왕비는 손끝으로 눈물을 닦아 내며 재빨리 다음 말을 쏟아 냈다.

"전 호동을 늘 친자식처럼 생각했사옵니다. 허나 저는 자식보다는 고구려의 앞날을 더 걱정해야 하는 고구려 왕비이옵니다. 자식보다는 조국을 택할 줄 아는 고구려 여인이옵니다."

대왕은 아무 말이 없었다. 왕비는 눈물이 채 마르지 않은 눈을 반짝이며 한층 은근한 목소리로 말을 이었다.

"저 또한 호동이 잘났다는 걸 잘 아옵니다. 호동이 태자가되고 왕이 된다면 대왕 못지않은 훌륭한 왕이 되겠지요. 허나호동을 따르는 무리를 생각해 보소서. 그들은 거의가 부여에서온 사람들이옵니다. 비록 고구려 사람이 되어 고구려에서 살고는 있지만 마음 속으로는 부여를 잊지 못하는 사람들이옵니다. 호동 또한 어미가 부여 사람이니 절반은 부여 사람이나 마찬가지이옵니다."

왕비는 잠시 말을 멈추었다. 대왕에게 생각할 겨를을 주기 위해서였다. 대왕에게 들릴 만큼만 가냘프게 한숨을 내쉰 다음, 왕비는 다시 입을 열었다.

"마마의 소망이 무엇이옵니까? 부여를 쳐서 고구려를 한층 큰 나라로 만들고, 그 힘으로 저 넓은 대륙까지 뻗어 나가는 것 아니옵니까? 헌데 호동이 왕이 되면 어미의 나라를 멸망시키려 하겠는지요? 부여계 사람들이 조정 대신이 될 터인데, 그들이 부여를 치는 것을 찬성하겠는지요? 그러는 사이에 부여가 힘을 키워 고구려를 친다면, 동명성왕께서 어렵게 세운 우리 고구려는 장차 어찌 되겠는지요?"

대왕은 여전히 아무런 대꾸가 없었다. 그러나 그 마음 속에서는 이미 거친 풍랑이 일기 시작했다는 것을 왕비는 알고 있었다. 부여는 대왕이 이를 갈며 싫어하는 나라였다. 살아생전 부여를 멸망시키는 것, 그것이 대왕의 가장 큰 소망이었다.

그런 대왕에게 고구려가 오히려 부여에 망할지도 모른다는 말을 했으니, 아주 강한 독을 한 방울 떨어뜨린 셈이었다.

그 독의 효과는 이내 나타났다. 대왕의 검은 두 눈썹이 꿈틀했다.

왕비는 마음 속으로 호호 웃었다. 이제 마지막 남은 독을 한 방울 떨어뜨릴 차례였다.

"마마, 잘 생각해 보소서. 유리명왕께서 왜 사랑하는 아드님들을 죽게 하셨겠는지요? 자식보다는 고구려가 먼저인지라 눈물을 머금고 그런 결단을 내리신 것이 아니겠는지요? 진정한 고구려 사내라면 작은 의(義)를 버리고 큰 의를 따라야 하는 까닭에……."

유리명왕의 맏아들은 도절(都切)이다. 도절은 열 살의 어린 나이에 이미 태자로 책봉되었다.

도절의 나이 열두 살 때에 부여 왕 대소가 사신을 보냈다. 화친을 맺자고 제의하면서 볼모를 교환하자고 했다. 유리명왕은 그 제의를 받아들이기로 했다. 아직 고구려는 힘이 약한 까닭에 전쟁보다는 화친이 낫다고 판단했기 때문이다.

유리명왕은 태자 도절을 부여에 볼모로 보내려 했다. 하지만 도절은 두려워하며 가려 하지 않았다. 또한 부여와 싸울 것을 주장하는 신하들이 많아 결국 부여와 화친을 맺지 못했다. 그 때부터 유리명왕은 태자 도절을 탐탁하지 않게 여겼다.

6년 뒤, 유리명왕은 부여와 다시 화친을 맺으려 했다. 도읍지도 졸본에서 국내성으로 옮기려 했다.

청년이 된 태자 도절은 그 일을 반대하고 나섰다. 도절은 여전히 부여에 볼모로 가고 싶지 않았으며, 자신을 따르는 신하들 대부분이 도읍지를 옮기는 것에 반대했기 때문이다.

도절이 어느 날 아침 갑자기 죽어 버린 것은 그 무렵이었다. 궁궐 안에는 유리명왕의 명을 받고 누군가 도절의 음식에 독을 넣었다는 소문이 돌았다. 입 밖에 내어 말하지는 않았지만 모두가 유리명왕이 태자 도절을 죽게 한 것이라고 믿고 있었다.

도절이 죽은 뒤 유리명왕은 도읍지를 국내성으로 옮겼다. 그리고 둘째 아들 해명을 태자로 삼았다. 그 때 해명의 나이 열여섯이었다.

유리명왕은 해명을 옛 도읍지 졸본으로 보내 그 곳을 다스리게 했다. 도읍지를 옮기기는 했지만 졸본에는 여전히 많은 신하들이 남아 있었다. 또한 그 곳 백성들이 도읍지를 옮긴 일을 불만스러워했기 때문에 민심을 다독일 필요가 있었다.

해명은 힘이 세고 용맹했다. 졸본에 남아 있는 신하들과 그 곳 백성들은 그런 태자를 사랑하고 따랐다. 해명의 세력이 뜻밖으로 커 가자 유리명왕은 나라가 둘로 갈라지지나 않을까 불안해하고 해명을 은근히 의심하게 되었다.

해명의 나이 스무 살 되던 해 정월이었다. 황룡국 왕이 태자에게 사신을 보내 아주 강한 활을 선물했다. 황룡국은 고구려에 조공을 바치는 작은 나라인데, 태자 해명이 용맹하다는 소문을 듣고 태자를 시험하기 위해 그런 선물을 보낸 것이다.

황룡국 왕의 속셈을 알아차린 해명은 사신이 보는 앞에서 활을 힘껏 당겨 부러뜨렸다.

"내가 힘이 센 것이 아니라 이 활이 튼튼하지 못한 것 같소."

해명은 사신 앞에 부러진 활을 내던지며 태연하게 말했다. 아무리 작은 나라라고는 하나, 한 나라의 왕이 보낸 선물을 망가뜨린 것은 예의에 어긋나는 일이었다. 자칫하면 두 나라 사이에 문제를 일으킬 수도 있었다.

가뜩이나 해명을 의심하던 유리명왕은 그 말을 전해 듣고 불같이 노했다. 왕은 몰래 황룡 왕에게 사신을 보내 자신의 뜻을 전하게 했다.

"태자 해명이 자식이 되어 내게 불효했으니, 부디 나를 대신하여 해명을 죽여 주오."

두 달 뒤에 황룡 왕은 사신을 보내 태자를 황룡국으로 초청했다. 태자가 황룡국으로 가려 하자 한 신하가 말렸다.

"지금 이웃 나라에서 아무 까닭 없이 태자마마를 뵙자 하니 아무래도 의심스럽사옵니다. 가지 않으심이 좋을 듯 하옵니다."

"하늘이 나를 죽이려 하지 않는다면이야 황룡 왕이 감히 나를 어쩌겠는가."

태자는 웃으며 말하고는 황룡국으로 갔다.

처음 황룡 왕은 유리명왕이 시킨 대로 해명을 죽일 작정이었다. 그러나 해명을 가까이에서 지켜 보니 예사 인물이 아니었다. 황룡 왕은 오히려 해명을 극진히 대우하고 졸본으로 돌려 보냈다.

이제 유리명왕의 의심은 더욱 깊어졌다. 태자가 그토록 인심을 얻고 있으니 마음만 먹으면 언제든지 왕이 될 수도 있을 터였다.

'태자를 따르는 무리가 태자를 부추겨 모반을 꾀한다면 그땐 어찌하리오. 화근은 더 자라기 전에 그 뿌리째 도려 내야 한다.'

마침내 그 이듬해 3월, 유리명왕은 사자에게 칼 한 자루를 주어 태자에게 보냈다.

"내가 도읍을 옮긴 것은 백성들을 편안하게 하여 나라의 위업을 군건히 하고자 함이다. 그런데 너는 나를 따르기는커녕, 네 힘만 믿고 이웃 나라의 원한을 샀으니, 그보다 더한 불효는 없도다. 이에 칼을 내리니 태자 해명은 자결로써 불효를 씻도록 하라."

해명이 그 칼로 자결하려 하자 한 신하가 말렸다.

"태자마마께서는 대왕마마의 뒤를 이어 고구려의 왕이 되실 분입니다. 이제 겨우 한 번 사자가 다녀갔을 뿐인데, 그것이 진정 대왕마마의 뜻인지 어찌 알겠나이까? 다시 한 번 분부를 기다려 보소서."

해명은 고개를 저었다.

"지난번 황룡 왕이 활을 보냈을 때, 일부러 잡아당겨 부러뜨린 것은 혹시라도 저들이 우리를 업신여길까 염려했기 때문이었소. 그런데 뜻밖에도 부왕께서는 몹시 노하시어 나를 꾸짖으셨소. 그리고 이제 내게 칼을 내려 그 불효를 씻으라 하시니 어찌 아바마마의 분부를 어길 수 있겠소."

해명은 담담하게 말하고는, 말을 타고 넓은 동원 벌판으로 나갔다. 그 벌판에 창을 꽂아 놓은 다음, 말을 힘껏 달려 그 창에 몸을 날려 자결했다. 그 때 그의 나이 스물 하나였다.

이처럼 무휼 위의 두 태자는 젊은 나이에 비극적으로 삶을 마쳤다. 맏형 도절은 무휼이 태어나기 전에 죽었고, 둘째형 해명이 자결했을 때 무휼은 철모르는 아이였다.

무휼이 그 일에 대해 자세하게 알게 된 것은 태자로 책봉된 다음의 일이었다.

그래서 무휼은 두 형처럼 아바마마의 눈밖에 나지 않기 위해 매사에 조심하고 또 조심했다. 늘 아바마마의 뜻이 어떤지 살폈고, 겸손하려 애썼다. 태자가 된 다음부터는 한 순간도 마음 편하게 웃어 본 적이 없었다.

'아바마마는 그런 분이셨지. 의심 많고 변덕스럽고 비정하기까지 한. 하지만 그건 어쩔 수 없는 일이었을 게야. 할바마마께서 세운 나라를 지키고, 왕의 자리를 지키기 위해서는 달리 방법이 없었겠지.'

아바마마 유리명왕을 생각하자 대왕은 술이 한꺼번에 확 깨는 듯한 느낌이 들었다.

대왕의 표정이 도로 근엄해졌다. 한 치의 빈틈도 없는 여느 때의 대왕으로 돌아갔다.

왕비는 그 변화를 놓치지 않고 알아차렸다.

"아깝구려, 왕비."

대왕의 느닷없는 말에 왕비는 영문을 몰라 눈을 동그랗게 떴다. 입가에 묘한 미소를 띤 채, 대왕은 말을 이었다.

"왕비가 장부로 태어났으면 짐과 더불어 나라를 경영하였을 것을."

칭찬인지 비아냥거림인지 알 수 없는 말이었다. 왕비는 공손하게 머리를 조아렸다.

"황송하옵니다, 마마."

"허나 난 이 곳에 복잡한 나랏일을 잊고 쉬러 온 것이지 머릿속을 더욱 복잡하게 하려고 온 것은 아니로다. 아무래도 내가 잘못 온 것 같소."

대왕이 자리에서 일어났다. 왕비는 짐짓 당황한 체하며 대왕을 붙잡았다.

"마마, 제가 생각이 짧았나이다. 아녀자의 좁은 소견에 그
만……."

잡는다고 도로 앉을 대왕이 아니었다. 큰일이건 작은 일이
건 왕이 결정한 일은 아무도 바꿀 수 없었다. 다 알고 있는 일
이지만 그래도 왕비의 도리는 다해야 했다.

"마마, 부디 노여움을 푸소서. 제가 그만 주제넘은 말을 하
여 마마의 심기를 상하게 해 드렸나이다. 용서하소서."

왕비는 금방이라도 눈물을 쏟을 듯한 슬픈 표정으로 깍듯하
게 대왕을 배웅했다.

대왕은 아무 대꾸 없이 내관들과 시종들을 거느리고 대왕궁
으로 가 버렸다.

왕비는 대왕의 행차가 안 보일 때까지 버림받은 듯한 쓸쓸
한 표정으로 서 있었다.

그러나 처소에 다시 들어서는 순간 왕비의 표정이 확 바뀌
었다. 언제 슬픈 표정을 지었냐는 듯 그 얼굴에 만족한 미소가
피어 올랐다.

이제 되었다, 우야. 네가 이제 고구려의 태자다.

아바마마의 마음 속에 무서운 의심 귀신이 스며들었으니

호동이 어찌 그 덫을 피할 수 있으리.

북소리야 북소리

고요했다. 풀벌레 소리마저 끊어져 사방은 무덤 속처럼 고
요했다. 그 고요함을 부드럽게 휘저으며 홀연 아득하게 북소리
가 들려 왔다.

둥둥둥둥…….

그것은 예사 북소리가 아니었다. 호동이 한 번도 들어 본 적
이 없는 낙랑의 북소리, 자명고 소리였다.

언제부터 그 북소리가 들려 오기 시작한 것인지 호동은 자
세히 알지 못했다. 다만 언제부터인가 이렇게 혼자 있게 되면
까마득히 먼 곳에서 북소리가 들려 왔다.

그 북소리와 함께 칼을 맞고 죽어 있는 공주의 모습이 떠올

랐다. 가락지를 끼지 않은 하얀 손도 떠올랐다. 그래서 호동은 그 북소리가 자명고 소리임을 알았다.

가락지를 끼지 않은 그 하얀 손은 호동에게 분명 무언가 말하고 있었다. 그러나 그것이 무엇인지 호동은 짐작조차 할 수가 없었다.

어쩌면 북소리가 들릴 때마다 그 하얀 손이 떠오르는 것이 아니라, 거꾸로 공주의 손을 떠올릴 때마다 북소리가 들려 오는 것인지도 모른다. 자신이 마지막으로 하고 싶었던 말을 호동이 알아차리지 못하는 것이 안타까워서 공주의 혼이 북을 울리고 있는 것이리라.

'공주, 내게 하고 싶은 말이 대체 무엇이오? 무슨 말을 하고 싶어서 이미 찢겨진 자명고를 그렇게 울려 대는 거요? 귀신이라도 좋으니 제발 내 앞에 나타나 하고 싶은 말을 속시원히 해 보구려. 원망의 말도 좋고 미움의 말도 좋소. 왜 손에서 가락지를 빼 버렸는지 말해 주오. 그렇게 북만 울려 대지 말고. 저 북소리, 이젠 정말 견디기가 힘이 드오.'

호동은 마음을 다해 공주의 혼에게 말했다. 그러나 북소리는 그치지 않고 여전히 둥둥둥둥 오련히 들려 왔다.

호동은 참을 수가 없어서 자리에서 벌떡 일어났다. 뚜벅뚜벅 발소리를 크게 내며 방 안을 거닐었다. 오직 발소리에만 신경을 쏟으면서 방 안을 서성거렸다.

둥……, 둥……, 둥…….

이윽고 북소리가 어둠 속으로 잦아들었다. 호동은 온몸의 맥이 탁 풀리는 것을 느끼며 침상에 걸터앉았다. 이마에서 식은땀이 흘렀다.

문득 한기가 느껴졌다. 북녘의 짧은 가을은 어느새 풀잎처럼 시들고, 벌써 추위가 닥쳐 오는가 보았다. 시종들이 침상 구들을 따뜻하게 데워 놓고 방 안에도 화로를 피워 놓았는데 이따금 한기가 느껴졌다. 어쩌면 그것은 호동의 마음이 춥기 때문인지도 몰랐다.

지난 여름이 생각났다. 낙랑 공주를 잃어 한없이 슬프기는 했지만 그래도 그 때는 고구려를 위해 큰일을 했다는 뿌듯함이 있었다.

낙랑 왕의 항복을 받고 고구려로 돌아왔을 때 백성들은 길가로 쏟아져 나와 아바마마와 호동과 병사들을 환영했다.

"대왕마마 만세! 호동 왕자 만세! 고구려 만세!"

그 때 백성들이 기뻐하며 외치던 소리가 귓가에 되살아났다. 그 때의 가슴 벅참도 새삼스레 되살아났다.

'그 땐 정말 이 세상을 다 얻은 듯했지. 아바마마의 말씀대로 사랑하는 공주를 잃었으니 그만큼 소중한 것을 반드시 얻게

되리라 믿었지. 아바마마께서 금방 태자로 책봉해 주실 줄 알았지.'

그러나 그 찬란하던 여름은 이내 시들었다. 가을이 오고, 옷깃을 파고드는 바람이 서늘하게 느껴질 무렵부터 국내성 안과 밖에서 이상한 노래가 퍼지기 시작했다.

호동을 따르는 사람들은 왕비가 그 이상한 노래를 지어 퍼뜨린 것이 분명하다고 했다. 호동이 공을 세운 것을 시샘하여, 아바마마가 호동을 태자로 책봉할까 봐 두려워하여, 왕비가 그런 수를 쓴 것이라 했다.

"왕자마마께서도 무슨 대책을 세우셔야 합니다. 이대로 있다가는 어렵게 세운 공이 하루아침에 물거품이 되어 버릴지도 모릅니다."

하지만 호동으로서도 뾰족한 방법이 없었다. 어쨌거나 왕비는 호동의 어머니였다. 왕비가 자신을 모함하고 있다고 차마 아바마마에게 말할 수가 없었다.

또 그렇게까지 구차하게 왕비와 싸우고 싶지는 않았다. 왕비가 어떤 모함을 하건 아바마마는 아들인 자신을 믿어 주리라고 믿고 싶었다. 자신만 떳떳하다면 왕비의 그 어떤 모함도 비껴 가리라 믿고 싶었다.

그러나 그것은 호동 혼자만의 바람일 뿐이었다. 노래는 하루가 다르게 나라 안 곳곳으로 퍼져 나갔고, 어느 날 아바마마가 호동을 처소로 불렀다.

"지금 나라 안에서는 이상한 노래가 퍼지고 있다 한다. 그 노래에 대해 혹시 아는 바가 없느냐?"

호동이 처소에 들자마자 아바마마는 책망하는 말투로 그렇게 물었다.

"노래에 대해서는 소자도 소문을 들었사옵니다."

"소문을 들었느냐고 묻는 것이 아니다. 왜 그런 노래가 퍼지고 있는지 그걸 묻고 있는 것이다."

"왜 그런 노래가 퍼지고 있는지 소자 또한 알고 싶사옵니다."

왕비에 대해 말하고 싶은 것을 간신히 참으면서 호동은 대답했다.

"정녕 모르는 일이더냐? 그 노래가 뜻하는 바가 무엇인지, 누가 무엇 때문에 그런 노래를 지어 퍼뜨렸는지 진정 모른단 말이냐?"

아바마마의 말투에는 의심이 잔뜩 묻어 있었다. 호동은 그것이 견딜 수 없이 서운했다.

"모르옵니다, 아바마마."

호동은 서운함을 억누르며 될 수 있는 한 공손하게 대답했다.

"네가 모른다니 아비도 더 이상 할 말이 없구나. 그만 가 보아라."

아바마마의 목소리는 차갑기만 했다.

'아바마마께서는 왜 소자를 믿지 못하시나이까? 왜?'

그 말이 혀끝에서 뱅뱅 맴돌았으나 호동은 끝내 입을 열지 못했다. 이미 아바마마가 의심하기 시작했으니, 무슨 말을 해도 소용이 없다는 것을 호동은 잘 알고 있었다.

그 날 이후, 나날이 차가워지는 가을 바람처럼 아바마마도 날이 갈수록 호동에게 냉담해졌다. 대왕궁으로 호동을 불러 나랏일을 의논하는 일도 점점 줄어들었다. 호동이 대전 회의에 참석하여 무언가 의견을 말해도 전처럼 귀를 기울이지 않았다.

'시간이 지나고 노래가 수그러들면, 아바마마께서도 내가 떳떳하다는 것을 알게 되고 의심을 푸시겠지.'

호동은 안타깝게 그런 기대를 가져 보았지만 아바마마의 마음은 이미 활시위를 떠난 화살이었다.

호동을 따르던 조정 대신들도 아바마마의 그 마음을 눈치챘는지 요즘은 한껏 몸을 사렸다.

게다가 요즘 들어 왕비가 더욱 극성스럽게 아바마마에게 자신을 모함한다는 소문이 심심찮게 호동의 귀에 들려 왔다. 처음에는 왕비의 말을 가려 듣는 듯하던 아바마마도 요즘엔 거의 그대로 다 믿는 듯하다고 했다.

그런 말을 들을 때마다, 차갑기만 한 아바마마의 눈길을 받을 때마다 호동은 캄캄한 밤에 벼랑 끝에 홀로 서 있는 듯한 아뜩한 느낌이 들었다.

호동이 믿고 의지한 것은 오로지 자신에 대한 아바마마의 사랑뿐이었다. 언제까지나 변함 없으리라 믿었던 그 사랑은 물거품보다 더 허망하게 사라져 버렸다.

뿐만 아니라 마루도 이젠 전 같지 않았다. 낙랑에서 돌아온 다음부터 마루는 어딘가 달라졌다. 예전의 그 충성스럽던 마루가 아니었다. 몸은 늘 호동의 곁에서 호동을 호위하고 있으면서도 마음은 어딘가 먼 곳을 헤매는 것 같았다.

아바마마의 냉담함 못지않게 마루의 그 변화 또한 호동을 고통스럽게 했다. 호동은 세상 사람들 모두 자신을 저버리고 배반해도 마루만큼은 끝까지 자신 곁에 남아 있으리라 믿었다. 그러나 그 믿음 역시 헛된 것인 듯했다.

다시금 추위가 뼛속으로 파고들었다. 그 차가운 기운은 계절 탓이 아니었다. 마음 속에서 한기가 스며 나오고 있었다. 마음이 시려서 몸도 시리고 뼈도 시렸다. 그 어떤 불기운으로도 따뜻하게 할 수 없는 한기였다.

호동은 침상에서 일어나 다시 방 안을 서성거렸다. 바깥에서 문득 시종의 말소리가 들려 왔다.

"왕자마마, 조의께서 왕자마마를 뵙겠다 하옵니다."

"이 밤에 내게 무슨 할 말이 있단 말이냐. 날이 밝은 뒤에 다시 오라 이르라."

호동은 탁자 앞으로 걸어가 바깥을 향해 나무라듯 말했다. 지금은 아무도 만나고 싶지 않았다. 그냥 혼자 있고 싶었다.

"황송하오나 마마, 꼭 드릴 말씀이 있다고 하옵니다."

"들라 해라."

마지못해 허락하고는 호동은 탁자 앞에 앉았다. 마루가 들어와 호동 앞에 우뚝 섰다.

불빛을 받아 마루의 그림자가 등뒤로 길게 늘어졌다. 그 그림자가 어쩐지 불길하게 느껴졌다.

호동은 벽에 걸어 놓은 칼을 흘끗 쳐다보았다. 궁궐에서는 아무도 믿을 수가 없었다. 마루도 이미 예전의 마루가 아니었다. 어쩌면 왕비측 사람들이 이미 마루에게 손을 썼는지도 모른다. 그래서 이 밤에 마루가 딴마음을 품고 내게 왔는지도 모른다.

"이 밤에 내게 꼭 해야 할 말이 대체 무엇인가?"

호동은 언짢은 기분을 숨기지 않은 채 꾸짖듯이 물었다.

"왕자마마께 마지막 인사를 드리러 왔습니다."

"마지막이라니, 그게 대체 무슨 얘긴가?"

전혀 짐작하지 못한 뜻밖의 말이라 호동은 눈을 커다랗게 뜨고 마루를 쳐다보았다.

"소신, 이 밤에 궁궐을 떠나려 하옵니다."

호동은 분통이 터졌다. 아바마마가 냉담해지고 대신들이 숨죽이고 있다 해서, 이제 마루까지 자신을 업신여기는 것 같아 노여움을 참을 수가 없었다.

"누구 마음대로 궁궐을 떠난다는 게냐? 넌 나를 위해 죽어야 할 호위 무사가 아니냐? 네 본분을 어기고 네 마음대로 떠날 수 있을 것 같으냐? 난 허락할 수 없다."

"마마께서 허락하지 않으셔도 소신은 떠날 것이옵니다."

"마루, 넌 뭘 믿고 그리 교만하고 방자하게 구는 게냐? 감히 왕자인 나를 거역하려 들다니. 네 마음대로 욕보여도 괜찮을 만큼 내가 그렇게 만만하게 보이는가?"

호동은 침착하려 애쓰면서 마루를 쏘아보았다. 마루도 당돌하게 호동을 마주보았다.

"겨우 그 정도밖에는 안 되셨습니까, 왕자마마께서는?"

비웃는 듯한 그 무례한 말에 호동은 마침내 참을성을 잃고 자리에서 벌떡 일어났다.

"무엇이야? 네놈이 감히……."

호동은 벽 쪽으로 걸어가 벽에 걸린 칼을 가져왔다. 칼집에서 칼을 꺼내자 날카로운 칼날이 빛을 토했다.

"내 이 자리에서 너를 참하리라. 네가 한밤중에 딴마음을 품고 내게 왔기에 너를 벌했다고 아바마마께 말씀드리면 그만이다."

호동은 치솟는 노여움을 가라앉히려 애쓰면서 내뱉듯이 말했다.

마루가 호동 앞에 무릎을 꿇고 앉았다.

"그리하소서. 마음은 이미 떠났는데, 소신의 시신이라도 가지시겠다면 그리하소서."

마루는 눈을 감더니 고개를 숙였다. 마치 호동에게 어서 칼을 내리치라고 재촉하는 것 같았다. 호동은 떨리는 손으로 칼자루를 움켜쥐고 칼을 높이 치켜들었다.

'그래. 네가 원하는 대로 해 주마. 네가 나를 배반하는 꼴을 보느니, 차라리 너를 죽이리라.'

호동은 마음을 사려먹으며 마루의 목을 향해 칼을 내리치려 했다. 하지만 그것은 생각일 뿐, 몸이 따라 주지 않았다.

호동도 마루도 그대로 돌이 된 듯, 그 자세인 채로 움직일 줄 몰랐다. 숨막힐 듯한 침묵만이 두 사람을 힘겹게 감싸고 있

었다.

"툭!"

마침내 호동이 칼을 바닥에 내던졌다. 불 같은 노여움이 거짓말처럼 사그라들면서 물 같은 잔잔한 슬픔이 호동의 가슴을 메웠다. 호동은 주저앉듯 의자에 앉았다.

"일어나거라, 마루. 네 말대로 마음이 이미 떠났는데, 빈 껍데기가 내게 무슨 소용이 있겠느냐?"

마루가 일어났다.

"거기 앉게나. 그대가 원하는 대로 보내 줄 테니, 잠시만 앉았다 가게나."

마루가 호동의 맞은편에 앉았다. 잠시 호동도 마루도 말이 없었다.

"궁궐 문은 벌써 닫혔는데 어찌 나가려 하는가?"

호동은 차분하게 가라앉은 목소리로 물었다. 마루는 눈길을 아래로 내리깐 채 조용히 대답했다.

"궁궐 담을 넘을 생각이옵니다."

"그 다음엔 어찌할 생각인가?"

"우선 집으로 가서 마지막으로 부모님을 뵙고 고구려를 떠날 작정입니다."

"고구려를 떠난다면, 대체 어디로 갈 작정인가?"

"저 먼 대륙, 요동으로 가고자 하옵니다. 낯선 땅에서 조국도 잊고, 이름도 잊고, 그저 떠도는 바람이 되고 싶습니다."

호동은 말문이 막혔다. 낯선 땅에서 그저 떠도는 바람이 되고 싶다는 마루의 말이 날카로운 비수처럼 호동의 마음을 찔렀다.

조국을 생명보다 더 사랑하는 고구려 사내 마루가 왜 저리 변했을까? 마루는 무언가에 큰 상처를 받은 것 같았다. 그 상처의 아픔을 견딜 수가 없어서, 마루는 조국도 잊고 이름도 잊은 채 그저 한 줄기 바람이 되어 떠돌고 싶어하는 것 같았다.

"마루, 한 가지만 묻겠네. 친구로서 묻는 것이니 솔직하게 대답하여 주게."

"말씀하소서."

"왜 나를 떠나려 하는가? 갑작스레 날 저버리는 이유가 뭔가?"

비로소 마루가 고개를 들어 호동을 보았다. 호동도 마루의 눈을 마주보았다. 마루의 눈에 어쩐지 아련한 슬픔이 깃들여 있는 것 같았다.

"그건 왕자마마께서 먼저 소신을 저버렸기 때문입니다."

"마루, 알아듣기 쉽게 말해 주게. 난 한 번도 그대를 저버린 적이 없네."

"왕자마마, 왜 낙랑 공주에게 북을 찢으라고 하셨습니까?"

갑작스런 질문에 놀라 호동은 마루를 빤히 바라보았다. 마루는 다시 눈길을 아래로 떨구더니 나직한 목소리로 말을 이었다.

"사랑하는 여인에게 그런 일을 시키는 것이 비겁한 짓이라는 생각은 안 해 보셨습니까? 그 일로 공주가 죽을지도 모른다는 생각은 정말 안 해 보셨습니까?"

"그 때문에 그대가 내게 실망했다는 건가? 내가 그런 식으로 그대를 실망시킨 것이 결국 그대를 저버린 것이나 마찬가지라는 뜻인가?"

"그러하옵니다. 마마께서는 태자 자리가 탐나, 사랑하는 여인에게 그 사랑을 미끼로 흥정을 하셨습니다. 북을 찢지 않으면 데려오지 않겠다고, 공주에게 그리 전하라 하셨지요. 바로 그 순간 왕자마마께서는 저를 저버리셨습니다. 제 믿음을 저버리셨습니다. 제가 사랑하고 따랐던 왕자마마는 적어도 그런 분은 아니었지요."

호동은 한숨을 내쉬었다. 겨우 그것 때문에 마루가 내게서 돌아섰단 말인가? 세상 물정 모르는 어린아이 같은 마루…….

"마루, 변명하는 건 아니지만, 내게는 사랑보다 조국이 먼저였어. 마루 또한 그러하지 않았던가?"

마루가 다시 고개를 들었다. 호동을 쳐다보는 마루의 두 눈에 빛이 번쩍 일었다.

"조국이라고요? 조국이란 대체 무엇입니까? 눈으로 볼 수도 없고 손으로 만져 볼 수도 없는 뜬구름 같은 조국보다, 제 눈으로 그 모습을 바라볼 수 있고 그 숨결을 느낄 수 있는 사람을 저는 더 사랑하옵니다."

순간 호동은 뒤통수를 세게 얻어맞은 듯한 느낌이 들었다. 호동이 꿈에서도 짐작하지 못했던 진실 하나가 호동 앞에 불쑥 그 얼굴을 들이밀었기 때문이다.

"그러니까, 그러니까 마루에게는 조국보다는 사랑이 더 소중하다는 얘기로군. 마루가 누군가를, 어떤 여인을 조국 고구려보다 더 사랑했다는 말이로군. 내 짐작이 맞은 건가?"

호동은 떨리는 마음을 감추려 애쓰며 침착하게 물었다.

"그러하옵니다, 왕자마마."

비로소 호동은 알 것 같았다. 낙랑으로 가서 공주에게 북을 찢으라는 말을 전하라고 했을 때 마루가 왜 그렇게 이상하게 굴었는지를. 공주가 죽은 다음부터 마루가 왜 딴 사람처럼 변해 버렸는지를.

갑자기 부서지는 듯 심장이 아파 왔다. 호동은 그 아픔을 견딜 수 없어서 눈을 질끈 감았다.

아주 오랫동안 방 안에 침묵이 흘렀다. 이따금 풀벌레 소리가 그 침묵을 깨뜨렸다.

이윽고 호동이 눈을 떴다.

"난 몰랐어, 마루. 그대가 누군가를 그렇게 사랑하고 있는 줄은. 그대가 조국보다 더 사랑한 여인이 누구였냐고는 묻지 않겠네. 이제 그만 가 보게나."

마루는 자리에서 조용히 일어났다. 호동에게 공손히 머리 숙여 절한 다음, 문 쪽으로 걸어갔다. 마루가 막 문을 나서려 할 때, 호동의 가라앉은 목소리가 귓가로 날아왔다.

"담을 넘을 때 조심하게나. 혹시라도 병사들 눈에 띄면 번거로울 터이니……."

순간 마루는 깨달았다. 자신이 여전히 왕자 호동을 사랑하고 있음을. 호동은 어떤지 몰라도 마루에게는 여전히 호동이 사랑하는 벗임을.

그런데 이제 마루는 자신의 아픔을 견딜 수 없어 벗을 버려두고 떠나려 하고 있다. 벗이 가장 어렵고 힘든 이 때에, 그 누구보다 호동의 곁에 있어야 할 자신이 맨 먼저 호동을 버리고 떠나려 하고 있다.

비겁한 것은 호동 왕자가 아니라 마루 자신이라는 생각이 마음을 때렸다.

그러나 이젠 돌이킬 수가 없었다. 공주가 준 팔찌를 가슴에 품고 호동의 곁을 지키는 일은 너무나 힘겨워 이젠 더 이상 할 수가 없었다.

마루는 입술을 깨물며 뒤돌아섰다.

"왕자마마."

고개를 숙이고 탁자만 내려다보던 호동이 천천히 고개를 들었다.

"왕자마마, 부디 옥체 보존하소서."

마루는 단숨에 말을 내뱉고는 재빨리 방을 나갔다.

그 날 밤 마루는 울면서 울면서 고구려를 떠났다. 공주가 준 금팔찌를 가슴에 품고서.

마루는 알고 있었다. 낙랑 공주 때문만이 아니라 버려두고 온 호동 왕자 때문에라도 자신은 드넓은 대륙을 시린 가슴으로, 한 점 바람으로 끝없이 떠돌아야 한다는 것을.

그 날 이후 고구려에서 마루를 본 사람은 아무도 없었다.

마루가 방을 나간 다음, 호동은 한동안 탁자 앞에 우두커니 앉아 있었다. 이상하게도 마루가 내뱉은 말 한 마디가 자꾸만 귓가에 맴돌았다.

"조국이란 대체 무엇이옵니까?"

정말 조국이란 무엇일까?

철이 들면서부터 조국 고구려는 내게 목숨보다 더 소중한 그 무엇이었지.

조국을 위한 일이라면, 그 어떤 일도 이해받을 수 있고 용서받을 수 있을 줄 알았지.

그런데 정말 내게 조국은 무엇이었나?

정말 나는 오로지 고구려만을 위해서 낙랑 공주에게 북을 찢게 했던 것일까?

마루가 한 말이 옳을지도 모른다는 생각이 호동의 마음을 마구 뒤흔들었다.

'그래. 그건 비겁한 짓이었어. 조국을 핑계 삼아 공주에게 흥정을 했던 것이지. 사랑을 미끼 삼은 비겁한 흥정이었어. 어쩌면 난 마루의 반만큼도 공주를 사랑하지 않았는지도 몰라.'

그러자 또다시 아련하게 북소리가 들려 왔다. 둥둥둥 둥…….

호동은 이번에는 그 북소리를 피하지 않았다. 마루마저 떠난 터에 그 북소리를 참아 내기가 한층 힘에 부쳤지만 이를 악물고 오히려 그 북소리에 귀를 기울였다.

불현듯 알 것 같았다. 떠도는 공주의 혼이 왜 자꾸 찢겨진 북을 울리는 것인지를. 공주가 왜 호동이 끼워 준 옥가락지를 손에서 빼어 버렸는지를.

'그래. 마루의 말이 맞았어. 난 사랑을 미끼로 흥정을 했지. 아바마마가 태자 자리를 미끼로 내게 흥정을 하셨듯이. 그건 진정한 사랑이 아니었어.'

이제야 겨우 호동은 깨달았다. 공주에게 북을 찢으라고 흥정을 하는 순간 자신이 공주를 버렸음을. 공주 또한 그 사실을 깨닫고 호동을 버렸음을. 그래서 가락지를 빼어 버렸음을. 마루의 믿음을 저버리는 순간 마루에게 버림받은 것처럼 그렇게.

'난 세상에서 내가 제일 잘난 사내인 줄 알았어. 내가 세상 사람 모두를 버려도 세상 사람들은 아무도 나를 감히 버리지 못할 줄 알았지. 그런데 난 아바마마와 조정 대신들뿐 아니라 가장 사랑한다고 믿었던 공주와 마루에게조차도 버림받았어. 정말 난 아무것도 아니었어. 마루의 말대로 그 정도밖에는 안 되었던 거야.'

북소리가 차츰 또렷해졌다. 북소리가 커질수록 자신이 점점 초라하게 느껴져 호동은 견딜 수가 없었다. 가슴이 아플 만큼 심하게 조여 들었다.

호동은 지그시 눈을 감았다. 눈을 꼭 감고 무언가를 생각해 내려 애썼다. 물에 빠진 사람이 지푸라기라도 잡는 심정으로 그 무언가를 생각해 내어 조여 드는 가슴을 다독거리지 않으면, 이대로 가슴이 펑 소리내며 터져 버릴 것만 같았다.

그러자 홀연 지난 봄날, 그 가슴 뛰었던 사냥 대회 날이 떠올랐다. 흰 사슴을 잡았을 때의 기쁨도 되살아났다.

그 때 그렇게 기뻤던 것은 내 꿈을 이룰 수 있으리라는 기대 때문이었지.

그래, 모두에게 버림받았지만,

아직도 내게는 마지막 하나가 남아 있구나.

내 꿈, 이젠 이룰 수 없게 되었지만, 그 꿈은 아직도 나를 버리지 않았어.

그 꿈을 이루려면 태자가 되어야 했기에, 왕이 되어야 했기에

난 꿈은 잠시 잊고 태자가 되는 일만 생각했지. 마치 태자가 내 꿈인 듯이.

이제 다시 그 꿈만 생각하리라.

태자가 되지 않아도 좋고, 왕자의 자리에서 쫓겨나더라도

난 꿈꾸기를 그치지 않으리.

뜬구름 같은 조국, 고구려를 위한 그 꿈을.

호동은 눈을 번쩍 떴다. 그 눈에 언뜻 물기가 비쳤다. 호동은 눈을 부릅뜨고 일렁이는 등잔 불빛을 뚫어져라 바라보았다.

호동의 물기 어린 두 눈에 작은 불꽃이 일렁이기 시작했다.

북소리가 다시 아득해지고 있었다. 어둠에 녹아들 듯 그렇게 잦아들면서 북은 그 마지막 숨을 가냘프게 내쉬고 있었다.

둥……, 둥……, 둥…….

자작나무 숲에서

그윽했다. 자작나무들이 숨을 내쉴 때마다 뿜어내는 나무 향내와 맵싸한 겨울 향내가 어우러져 숲은 신비할 정도로 그윽했다.

호동은 잠시 말에서 내려 쉬어 갈까 하다가 그냥 내쳐 말을 몰았다. 이따 돌아갈 때 다시 이 자작나무 숲을 지나가야 하니, 그 때 쉬어 가면 된다.

자작나무 숲을 지나 더 위쪽으로 올라가면 그 곳 깊은 산 속에 도인이 살고 있다고 했다. 그 도인은 세상 모든 일을 훤히 꿰뚫고 있다고 했다. 사람을 한번 보기만 해도 그 사람의 명운이 어떠한지 귀신처럼 안다고 했다.

많은 사람들이 자신의 힘으로 풀기 어려운 문제에 부딪히면 그 도인을 찾아가 지혜를 구한다고 했다. 호동이 지금 도인을 찾아가는 것도 그 때문이었다. 도인에게 꼭 한 가지 물어 볼 것이 있었다.

지금 호동은 갈림길에 서 있었다. 어느 쪽으로 가야 할지 오늘 안으로 결정을 내려야 했다. 도인의 말을 들어 본 다음, 호동은 결정할 작정이었다. 궁궐로 도로 돌아갈 것인지, 아니면 조정 대신과 약속한 대로 그 사람의 집으로 갈 것인지를.

"왕자마마, 아무래도 잠시 몸을 피하서야겠습니다."

사흘 전 저녁 무렵, 남의 눈을 피해 가며 호동의 처소로 찾아온 조정 대신이 한 말이었다. 그러나 호동은 그 말을 듣고도 그다지 놀라지 않았다.

"아바마마께서 마음을 정하신 모양이구려."

호동은 담담하게 말했다. 일이 어떻게 되어 가는지 호동도 이미 다 알고 있었다.

"그러하옵니다, 왕자마마. 대왕마마께서는 왕자 우를 태자로 책봉하기로 마음을 굳히셨다 하옵니다."

왕비가 아바마마를 볼 때마다 우를 태자로 책봉해 달라고 졸라 댄다는 말을 호동은 이미 전해 들었다.

왕비는 울면서 우를 지켜 달라고 아바마마에게 매달린다고 했다.

"대왕마마, 요즘 저는 어린 우가 걱정되어 밤잠도 제대로 이루지 못하옵니다. 호동이 살아 있는 한 우와 저는 무사하지 못할 것이옵니다. 설령 마마께서 우를 태자로 책봉하신다 해도, 아직 우는 스스로를 지킬 힘이 없는 어린아이이옵니다. 만약 대왕마마께 무슨 일이 있다면, 그 때 호동과 호동을 따르는 무리가 우가 대왕의 뒤를 잇도록 놓아 두겠는지요? 우가 아직 어리다는 것을 구실로 호동이 왕위를 차지하려 든다면, 누가 있어 그 일을 막겠는지요?"

왕비는 그렇게 말하면서 호동이 날이 갈수록 자신에게 무례하게 대한다고 거짓으로 일러바친다고 했다.

"만약 대왕마마께서 우 왕자를 태자로 책봉하기로 마음을 굳히신다면 왕자마마께서는 화를 당하실지도 모릅니다. 대책을 세우셔야 합니다, 왕자마마."

그 말을 전해 준 사람은 근심스런 얼굴로 그렇게 말했다.

하지만 호동은 아무런 대책도 세울 수가 없었다. 그냥 각오를 단단히 하고 아바마마가 마음을 정하기만을 기다리는 수밖에 없었다.

그리고 생각보다 조금 빨리 아바마마는 마음을 정했다.

"요즘 왕비는 날마다 대왕마마께 눈물로 간청한다 하옵니다. 우를 태자로 책봉하기 전에, 먼저 뒤탈부터 없애야 한다고……. 하오니, 왕자마마. 어서 몸을 피하시어 뒷날을 기약하소서."

"대체 어디로 몸을 피한단 말이오?"

호동은 참담한 마음이 되어 물었다.

"소신이 왕자마마께서 숨어 계실 곳을 마련하겠습니다. 이대로 가만히 앉아서 억울한 죽음을 당할 수는 없지 않사옵니까?"

하지만 호동은 쉽사리 마음을 정할 수가 없었다. 그렇게까지 구차하게 살아야 하는 것인지, 그것도 잘 알 수가 없었다.

"왕자마마, 시간이 없사옵니다. 어서 결정을 내리셔야 하옵니다."

"내게 사흘만 말미를 주오. 그 사흘 동안 잘 생각해 본 다음, 결정을 내리겠소."

"만약 소신의 말씀을 따르기로 마음을 정하신다면, 사흘 뒤 저녁 무렵에 소신의 집으로 오소서. 아니 그 전에라도 마음을 정하신다면 언제든지 소신의 집으로 오소서. 소신, 모든 준비를 다 갖추고 왕자마마를 기다릴 것이옵니다. 대왕마마께서 이미 마음을 정하셨으니 머지않아 분부를 내리실 것이옵니다. 그 전에, 그 전에 속히 결정을 내리셔야 하옵니다."

조정 대신은 호동에게 그렇게 다짐하고는 집으로 돌아갔다.

그 때부터 호동은 왕자궁 바깥으로 한 발짝도 나가지 않고 처소에만 틀어박혀 있었다. 몸이 아프다는 핑계를 대고 대전에도 나가지 않았다. 대왕궁에서도 아무 기별이 없었다.

호동은 생각하고 또 생각해 보았으나 결정을 내릴 수가 없었다. 조정 대신과 약속한 사흘째가 되는 오늘 아침, 소문으로만 들었던 도인이 문득 호동의 머리를 스쳤다.

'국내성에서 그리 멀지 않은 깊은 산 속에 용한 도인이 살고 있다지? 그 도인이 정말 그렇게 용하다면, 그래서 내가 알고 싶어하는 일에 대해 속시원히 대답해 줄 수가 있다면 나 또한 마음을 정하기가 한결 쉬울 터인데……'

어쩐지 도인이 답을 가르쳐 줄 것만 같아서, 호동은 말을 타고 궁궐을 빠져 나왔다.

이제 조금만 더 가면 도인의 집이 나온다.

호동은 자작나무 숲을 빠져 나와 산 위쪽으로 말을 몰았다.

얼마 뒤, 제법 넓은 평지가 나왔다. 그 곳에 오두막 한 채가 있었다.

호동은 말에서 내려 말을 끌고 오두막으로 다가갔다. 때맞추어 오두막에서 한 사람이 나왔다. 수염도 하얗고 머리도 하얀 노인이었다. 호동은 그 노인이 바로 도인임을 알아차렸다.

"어서 오십시오, 왕자마마. 오실 줄 알고 기다리고 있었습니다."

도인이 공손하게 머리를 조아렸다. 호동도 고개 숙여 도인의 인사에 답했다.

집 앞에 있는 큰 나무에 말을 매어 두고 호동은 도인을 따라 안으로 들어갔다.

오두막 안은 한 사람이 살기에 꼭 알맞은 넓이였다. 절반은 구들이 깔린 방이고, 절반은 그냥 흙바닥이었다. 흙바닥에는 화덕과 간단한 살림살이들이 놓여 있었다. 화덕의 불기운 때문인지 오두막 안은 훈훈했다.

"누추합니다만, 잠시 앉으시지요."

도인이 권하는 대로 호동은 짐승 가죽이 깔린 방바닥에 앉았다. 도인이 차를 내왔다. 작은 상 앞에 마주 앉아 호동은 도인과 함께 차를 마셨다.

차 맛이 개운했다. 복잡하던 마음까지도 차분하게 가라앉는 듯했다.

"내가 올 줄 알고 있었다면, 내가 무엇 때문에 왔는지도 알고 있겠구려."

찻잔을 내려놓으면서 호동은 떠보듯이 도인에게 물었다. 도인이 보일 듯 말 듯한 미소를 머금었다.

"무엇 때문에 오셨는지는 알고 있으나, 무엇을 얻어 가지고 돌아가실지는 알지 못합니다. 그것은 오로지 왕자마마께 달린 일이니까요."

무엇을 얻는다? 호동은 속으로 쓰디쓰게 웃었다. 이미 모든 것을 다 잃어버린 호동이었다. 사랑하는 공주와 벗 마루, 아바마마의 사랑. 그것들은 결코 다시는 얻을 수 없는 것들이었다.

이 곳에서, 저 도인에게서 무언가를 얻는다 한들 그것이 내게 무슨 도움이 될 것인가.

호동은 차 오르는 서글픔을 접어 두며 도인을 바라보았다.

"도인께서 다 알고 계시다 하니 솔직하게 묻겠소. 난 오직 한 가지만을 알고 싶어서 왔소. 내겐 꿈이 있소. 먼 훗날에라도 그 꿈을 이룰 수 있을는지, 그것이 알고 싶소."

도인은 대답 대신 남은 차를 마저 마셨다. 호동은 잠자코 도인이 입을 열기만을 기다렸다.

"왕자마마께서 그 꿈을 이룰 수 있는 운을 타고나셨다면, 굳이 여기까지 오셨겠습니까?"

도인의 말이 무슨 뜻인지 호동은 알아들었다. 순간 호동은 눈앞이 아뜩했다. 이미 다 알고 있는 일인데도, 새삼스레 북받치는 서글픔을 참을 수가 없었다.

호동은 잠시 눈을 감고 마음을 가라앉히려 애썼다.

"왕자마마······."

도인의 조용한 목소리에 호동은 눈을 떴다. 도인은 우물처럼 깊어 보이는 눈으로 호동을 보고 있었다.

"이런 말이 왕자마마께 무슨 소용이 있겠습니까마는, 한 말씀 드리고 싶습니다. 왕자마마께서는 어쩌다 왕자로 태어나셨을 뿐입니다. 왕자로 태어났다고 해서 다 왕자는 아니라는 얘기지요."

도인이 무슨 말을 하려는 것인지 호동은 도무지 알 수가 없었다. 그 어떤 말도 귀에 들어 올 것 같지 않았지만 호동은 다소곳이 도인의 말에 귀를 기울였다.

"왕자가 되려고 노력하는 사람만이 진정한 왕자가 될 수 있습니다. 하지만 아무나 왕자가 되려고 노력할 수 있는 것은 아니지요. 진정한 왕자의 자질을 가지고 태어난 사람만이 그런 노력을 하여 진정한 왕자가 될 수 있습니다. 결국 자신의 값은 자신이 지켜야 하는 것이지요."

자신의 값은 자신이 지켜야 한다. 그 말이 호동의 가슴에 물무늬를 그렸다.

"고맙소. 차 잘 마셨소."

호동이 자리에서 일어났다. 도인이 집 앞에서 호동을 배웅했다.

"살펴 가십시오, 왕자마마."

산길을 내려와 호동은 다시 자작나무 숲에 이르렀다. 이 그윽한 자작나무 숲에서 잠시 쉬어 가고 싶었다. 어쩌면 이 숲을 보는 것이 오늘로 마지막이 될지도 모르는 까닭에.

자작나무는 호동이 무척이나 좋아하는 나무다. 호동뿐 아니라 고구려 사람 모두에게 자작나무는 친근한 나무다.

자작나무는 추운 지방 높은 산에서 잘 자라는 나무다. 그래서 고구려의 산에는 자작나무가 많았다. 자작나무는 쓸모가 많아 백성들에게 여러 모로 도움이 된다고 언젠가 마루가 호동에게 말해 준 적이 있었다.

자작나무는 하얀 겉껍질이 얇게 잘 벗겨진다고 했다. 그 껍질로 지붕도 만들고 땔감으로도 쓴다고 했다. 불을 밝힐 때도 쓴다고 했다.

백성들은 자작나무 지붕 아래서 자작나무 땔감으로 밥을 지어 먹고, 밤이면 자작나무 겉껍질로 불을 밝히며 한평생을 산다고 했다. 그러다 죽으면 관 대신 자작나무 껍질로 시신을 싸서 땅에 묻는다고 했다. 그러니 그렇게 쓸모가 많고 늘 함께하는 자작나무를 백성들이 사랑하는 것은 당연한 일이었다.

그러나 호동이 자작나무를 사랑하는 것은 그 이유가 백성들과는 달랐다. 호동이 자작나무를 좋아하는 것은 생각에 잠긴 듯한 그 모습 때문이었다. 사람으로 치면 자작나무는 생각이 깊은 사람 같았다.

특히 잎이 다 져 버린 겨울날의 앙상한 자작나무 숲은 저 혼자 한없이 깊은 생각에 빠져 버린 외로운 사람 같아서 좋았다. 숲은 호동의 마음 속 깊은 곳에 안개처럼 서려 있는 외로움을 더 큰 자신의 외로움으로 감싸 줄 것만 같았다.

호동은 말에서 내렸다. 나뭇가지에 말고삐를 매어 두고 오후의 햇살이 비껴 드는 자작나무 숲을 천천히 거닐었다.

숲의 향기가 가득한 차가운 공기를 한껏 들이마시고 한숨처럼 토해 내면서 호동은 생각을 차근차근 정리해 보았다.

'꿈을 이룰 수 없다면, 언제까지나 숨은 채로 살아야 한다면 그 삶이 무슨 의미가 있겠는가. 내가 달아나면 아바마마는 나를 더욱 의심하실 테고, 왕비 또한 한층 불안을 느껴 고구려를 샅샅이 뒤져서라도 나를 없애려 할 것이다. 조정의 대신들은 대신들대로 두 패로 갈라질 것이고, 나 또한 도망 다니면서 권력이나 탐하는 초라한 왕자가 될 뿐이다. 내가 꿈꾸던 삶은 절대 그런 것은 아니었다.'

호동은 걸음을 멈추고 앙상한 나뭇가지 사이에 걸려 있는 얼음장 같은 겨울 하늘을 올려다보았다.

불현듯 그 하늘에 낙랑 공주의 얼굴이 얼비쳤다. 그 얼굴은 눈물에 젖어 있었다.

'마지막 순간에 공주는 어떤 마음이었을까? 그 순간까지도 나를 원망한 것은 아닐까? 아, 다시 한 번만 공주를 볼 수 있다면…….'

호동의 두 눈에 눈물이 고였다. 견딜 수 없을 만큼 가슴이 저려 왔다. 공주를 진심으로 사랑했다는 것을 이제야 겨우 깨달은 것 같아 가슴이 아리고 또 아렸다.

저 먼 대륙으로 가 버린 마루도 생각났다. 마루 또한 자신이 진심으로 사랑한 벗이었다는 것을 그가 떠나 버린 뒤에야 비로소 알게 되었다.

'난 모든 것을 너무나 뒤늦게 깨닫는구나. 다 잃어버린 다음에야 그것이 얼마나 소중한 것이었는지 알게 되다니…….'

도인의 하얀 수염과 하얀 머리가 생각났다. 한없이 깊어 보이는 눈도 떠올랐다. 도인이 했던 말도 귓가에 고스란히 되살아났다.

'이제 내게 마지막 남은 하나, 그것까지 잃어서는 안 되겠지.'

눈물이 뺨을 타고 흘러내렸다. 호동은 이를 악물고 마침내 마음을 정했다.

이제 나는 돌아가리라, 내가 마지막까지 있어야 할 그 곳 왕자궁으로.

　더 이상 초라해지지도 비겁해지지도 않으리니,

　나는 내 값을 내가 지켜야 하는 왕자이기 때문이다.

　나를 왕자이게 했던 내 큰 꿈을 위해

　나는 옥처럼 깨끗하게 부서지리라.

　호동은 말고삐를 풀고 훌쩍 말 등에 올라탔다. 차가운 겨울 바람을 온몸으로 맞으면서 호동은 자작나무 숲을 떠나 궁궐을 향해 말을 달렸다.

먼 훗날 고구려에는

잿빛이었다. 금방이라도 눈이 쏟아질 듯, 하늘은 잿빛으로 낮게 내려앉아 있었다.

도인은 자작나무 숲가에 서서 잿빛 하늘을 올려다보고 있었다. 도인의 마음도 그 하늘처럼 잿빛으로 가라앉아 있었다.

며칠 전 대왕이 내린 칼에 엎어져 왕자 호동이 자결했다는 소문이 이 곳 산 속까지 날아왔다. 뒤이어 겨우 두 살바기 우가 태자로 책봉되었다는 소문도 들려 왔다.

도인은 이미 일이 이리 될 줄 알고 있었다.

지난 정월 어느 밤의 일이었다. 도인은 밤 하늘을 쳐다보며 올해 나라의 운세를 헤아려 보고 있었다. 별자리의 위치와 그

밝기가 어떻게 바뀌었는지 꼼꼼히 살펴보고 나서 도인은 무거운 한숨을 내쉬었다.

'아무래도 올해 나라 안에 무언가 좋지 않은 일이 있을 듯하군. 나라 밖으로는 계속 그 힘을 떨치기야 하겠지만……'

그러다 퍼뜩 짚이는 것이 있어서 도인은 급히 별 하나를 찾아보았다. 평소에 도인이 눈여겨 보던 크고 환한 별을.

예감대로 그 별에 불길한 조짐이 나타나고 있었다. 얼마 전까지만 해도 크고 환하게 빛나던 그 별을 붉은빛이 감도는 뿌연 기운이 감싸고 있었다. 뿐만 아니라 그 별 언저리에 새로 돋아난 작은 별 하나가 큰 별의 기운을 야금야금 빨아들이고 있었다.

큰 별은 대왕의 맏아들, 왕자 호동의 별이고, 새로 돋아난 작은 별은 지난 해에 태어난 왕자 우의 별이었다.

그 때 도인은 하늘의 뜻이 호동이 아니라 우에게 있음을 알았다.

아까웠다. 저렇게 크고 환한 별이 그 빛을 제대로 떨치지 못하고 져 버린다는 것이 아무리 생각해도 애석했다.

그 무렵, 왕비가 도인에게 사람을 보냈다. 도인은 궁중의 권력 다툼 같은 것에는 아무런 흥미가 없었다. 그래서 네 번이나 사람이 왔는데도 정중히 거절하고 돌려 보냈다. 그러나 왕비가 다섯 번째로 사람을 보냈을 때 도인은 마음이 바뀌었다.

왕비는 분명 호동 왕자와 우 왕자의 명운에 대해 알고자 할 터였다. 도인 또한 두 왕자가 어떤 명운을 타고났는지 확실하게 알고 싶었다. 별들에게 나타난 그 조짐들을 잘못 본 것이기를 바라는 마음도 있었다.

도인은 궁궐로 가서 호동과 우의 명운을 보았다. 별자리에 나타난 조짐은 틀리지 않았다. 호동은 그릇은 컸으나 운을 타고나지 못했고, 명 또한 올해를 넘기기가 어려울 것 같았다.

또 한 번 아까웠다. 호동이 운을 타고나지 못했다는 것은 아직은 고구려의 때가 아니라는 뜻이기도 했다. 호동처럼 그릇이 큰 왕자가 왕이 된다면 고구려는 지금보다 몇 배는 더 커질 수 있을 터였다.

'하긴 고구려는 이제 겨우 걸음마를 시작한 어린아이와 같은 나라인데, 한꺼번에 모든 것을 이룰 수는 없는 일이겠지. 때론 넘어지기도 하고 때론 주저앉기도 하면서 한 걸음씩 한 걸음씩 착실하게 걷는 법을 배워야겠지. 그러다 보면 어느 날엔가는 마침내 고구려의 때가 오리니······.'

도인은 운을 타고나지 못한 호동에 대한 아쉬움을 그렇게 달랬다.

도인은 호동을 한번 만나 보고 싶었다. 큰 꿈을 품고, 그 뜻을 이루지도 못한 채 꽃다운 나이에 삶을 마감해야 하는 가여운 왕자에게 무언가 도움이 될 말을 해 주고 싶었다.

도인은 어쩐지 언젠가는 호동이 자신을 찾아올 것만 같은 예감이 들었다. 호동을 만나 보고 싶어하는 자신의 마음이 호동의 마음에 이를 것만 같았다.

그 예감대로 호동은 죽음을 택한 바로 그 날, 도인을 찾아왔다. 도인은 호동에게 자신이 해 줄 수 있는 말은 다 해 주었다.

그러나 그 말이 호동에게 얼마나 도움이 되었는지는 알 수 없었다. 그것은 오로지 호동에게 달린 일이었기 때문이다.

도인은 호동이 얼마나 큰 꿈을 꾸었는지 잘 알고 있었다. 이루지 못한 그 큰 꿈이 애틋하고 안타까웠다.

도인은 고개를 들어 하늘을 쳐다보았다. 하늘은 한층 낮게 가라앉아, 금방이라도 하얀 눈을 펑펑 토해 낼 것만 같았다.

도인은 그 하늘을 향해 마음 속으로 노래하듯 말했다.

그렇다. 비록 이루지 못할지라도

고구려 사내들은 모름지기 큰 꿈을 꾸어야 할 것이다.

이루지 못한 그 큰 꿈들이 쌓이고 또 쌓여

그 기운이 마침내 하늘에 이를 때

먼 훗날 고구려에는 그 이루지 못한 꿈들을

한꺼번에 이루어 줄 인걸(人傑)이 나타나리니

그 날을 위해 고구려 사내들은

이루지 못할 큰 꿈을

꾸고 또 꾸어야 하리.

하늘을 바라보는 도인의 눈빛이 아득해졌다.

도인의 눈앞에 드넓은 대륙이 펼쳐졌다. 머리에 쓴 관에다 새 깃털을 꽂고 끝없는 벌판을 말을 타고 달리는 고구려 사내들의 함성이 귓가에 메아리쳤다.

'왕자시여, 이루지 못한 그대의 꿈을 너무 슬퍼 마소서. 먼 훗날 고구려에 한 인걸이 태어나 못다 한 그대의 꿈을 반드시 이루어 줄 것이니……'

도인의 그 마음의 말에 대답이라도 하듯 잿빛 하늘에 호동의 모습이 나타났다. 늠름하고 잘생긴 호동은 밝게 웃고 있었다.

'도인이시여, 저는 아무것도 슬퍼하지 않습니다. 도인께서 제게 주시고자 했던 것을 저는 마침내 얻었으니까요. 그것만으로도 제 삶은 헛된 것이 아니었습니다.'

그것이 정말 호동의 말인지, 아니면 자신의 마음의 말인지 도인은 알 수 없었다.

호동의 모습이 하늘에서 사라졌다. 눈앞에 펼쳐졌던 먼 대륙도, 그 대륙을 말을 타고 달리던 고구려 사내들의 함성도 사

라졌다.

도인은 고즈넉이 웃으면서 자작나무 숲을 떠났다.

하늘에서 눈발이 흩날렸다.

앙상한 자작나무 가지에 새하얀 눈꽃송이들이 눈부시게 피어났다.

눈송이는 점점 굵어지더니 이윽고 함박눈이 펑펑 쏟아지기 시작했다.

자작나무 숲이며, 고구려의 산과 들에 눈은 쉴새없이 내려, 쌓이고 또 쌓였다.

오후부터 내리기 시작한 눈은 그칠 줄 모르고 밤새도록 내리면서 온 세상을 하얗게 하얗게 덮어 가고 있었다.

사랑과 조국, 그 뒤의 이야기

호동 왕자와 낙랑 공주는 널리 알려진 역사 속 인물들이다. 우리는 그들의 비극적이고 애절한 사랑 이야기를 역사책 외에도 옛이야기나 연극, 소설 등으로 계속 만나 왔다.

나도 어린 시절, 역사를 배우기 전에 옛이야기 책으로 먼저 호동 왕자를 알았고, 여성 국극으로도 호동 왕자를 보았다. 어린 시절 내가 알았던 호동 왕자는 조국을 위해 헌신한 왕자였고, 낙랑 공주는 사랑을 위해 모든 것을 버린 비련의 공주였다.

중학교 때 국사 시간에 호동 왕자와 낙랑 공주의 이야기를 배웠다. 그 때 역사 선생님은 과격한(?) 여선생님이었다. 선생님은 우리에게 낙랑 공주가 아버지의 손에 죽임을 당한 것은 당연한 일이었다고 열변을 토했다. 사랑을 위해 조국을 버리는 것은 어리석은 일이며 아버지를 배반한 여자는 결국 남편도 배반할 것이라고 했다.

여태껏 내가 알던 비극적이고 애절한 사랑 이야기의 틀을 뒤흔드는 역사 선생님의 설명이 내게는 무척 충격이었다. 선생님의 해석을 그대로 다 받아들일 수는 없었지만, 사랑보다는 조국이 먼저구나, 그런 생각을 했다. 아무튼 그 날의 수업과 그 역사 선생님은 오래도록 내 기억에 남았다.

어른이 되어 오페라와 연극으로 호동 왕자의 이야기를 다시 만났지만, 어린 시절 알았던 이야기와 별 차이는 없었다. 그래서 작가가 되어 희곡이나 동화를 쓰면서도 이상하게도 호동 왕자를 써 보겠다는 생각은 거의 하지 않았다. 너무 유명한 이야기여서 내가 쓸 수 있는 부분이 거의 없는 것 같았기 때문이다.

그러다 우연히 『삼국사기』 대무신왕 편을 읽었다. 호동 왕자에 대한 기록은 한 페이지 분량이었는데, 이야기의 뼈대만 있는 그 기록 뒤편에 또 다른 호동의 이야기가 숨어 있다는 느낌이 강렬하게 다가왔다.

그 느낌이 계기가 되어 나는 숨어 있는 그 이야기를 희곡으로 쓸 생각을 했다. 이야기 자체가 워낙 극적이어서 연극에 더 맞을 것 같아서였다. 그래서 연극의 몇 장면이며 대사까지 떠오르는 대로 메모를 해두었는데, 희곡 대신 소설로 먼저 쓰게 되었다. 내가 동화작가여서 출판 역시 역사동화로 출판을 했지만, 동화보다는 아무래도 소설에 가깝다는 생각을 늘 하고 있었다.

젊었을 때는 은연중에 과격한 역사 선생님의 영향을 받아서 사랑보다는 조국이 먼저라고 생각했다. 그런데 나이가 들고 보니 만약 낙랑 공주 같은 선택의 기회가 온다면 나 역시 낙랑 공주처럼 사랑을 택하겠다는 생각을 해 본다. 그건 어쩌면 젊거나 늙거나 간에 일반 사람에게 그런 극적이고 긴박한 선택의 기회란 애초에 없다는 걸 알기 때문에 부려 보는 생각의 호사인지도 모르겠다.

어쨌든 『아, 호동 왕자』가 청소년과 성인을 위한 역사소설로 다시 출판되어 기쁘다. 이제야 『아, 호동 왕자』가 제 자리를 찾은 것 같다.

2005년 햇살 고운 가을날
강 숙 인

〈푸른도서관〉에서 만나는 강숙인 청소년소설

강 숙 인

1953년 대구에서 태어나 서울예술대학 문예창작과를 졸업했다. 1978년 '동아 연극상'에 장막 희곡이 입선되어 작가로 활동하기 시작했으며, 1979년 '소년중 앙문학상'과 1983년 '계몽사아동문학상'에 동화가 당선되었다. 우리 역사와 고 전에 대한 특별한 애정을 갖고 역사적 사건이나 인물을 새로운 시각으로 그려 내거나 고전을 재해석하는 작업을 꾸준히 해 오고 있으며, 제6회 '가톨릭문학 상'과 제1회 '윤석중문학상'을 수상했다. 대표적인 작품으로 『마지막 왕자』, 『아, 호동 왕자』, 『청아 청아 예쁜 청아』, 『뢰제의 나라』, 『화랑 바도루』, 『초원 의 별』, 『지귀, 선덕 여왕을 꿈꾸다』, 『불가사리』 등이 있다.
블로그_ www.blog.naver.com/rese0468

양 상 용

1963년 전남 화순에서 태어나 홍익대학교에서 동양화를 공부했다. 그린 책으로 『밤티 마을 큰돌이네 집』, 『밤티 마을 영미네 집』, 『밤티 마을 봄이네 집』, 『이뻐 언 니』, 『바람의 아이』, 『아이스케키와 수상 스키』, 『여우고개』, 『고구마는 맛있어』, 『냇물에 뭐가 사나 볼래?』, 『칠칠단의 비밀』 등이 있다.

푸른도서관은 10대에서 20대까지 눈부신 성장을 거듭하는 푸른 세대를 위한
본격 문학 시리즈입니다.